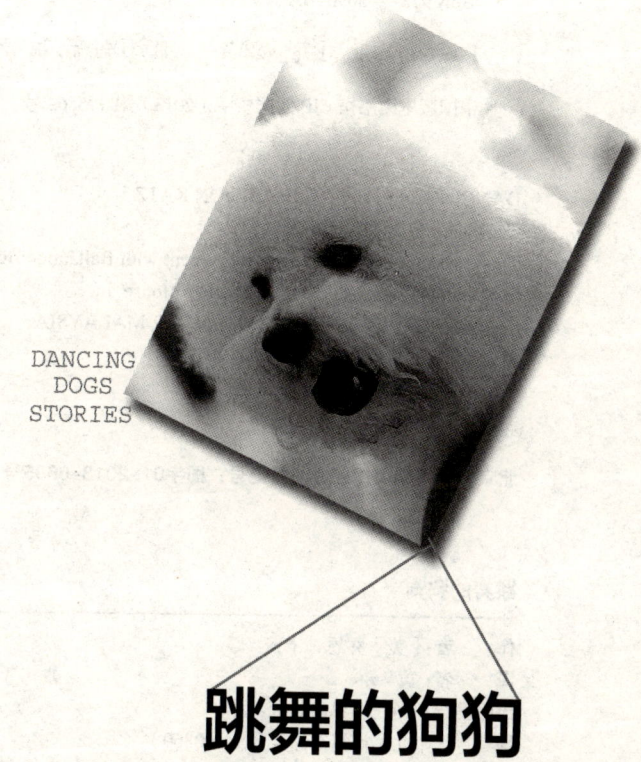

DANCING
DOGS
STORIES

跳舞的狗狗

［美］乔恩·卡茨◎著

当代世界出版社

图书在版编目（CIP）数据

跳舞的狗狗/（美）乔恩·卡茨著；黄琳译. — 北京：当代世界出版社，2013.10
ISBN 978-7-5090-0725-9

Ⅰ.①跳… Ⅱ.①乔… ②黄… Ⅲ.①短篇小说 – 小说集 – 美国 – 现代 Ⅳ.①I712.45

中国版本图书馆CIP数据核字（2013）第195862号

DANCING DOGS: STORIES By JON KATZ
Copyright: © 2012 BY JON KATZ
This translation published by arrangement with Ballantine Books, an imprint of The Random House Publishing Group, a division of Random House, Inc.
through BIG APPLE AGENCY, LABUAN, MALAYSIA.
Simplified Chinese edition copyright:
2013 Orient Brainpower Media Co.,Ltd.
All rights reserved.

北京市版权局著作权合同登记号：图字01-2013-6685号

跳舞的狗狗

作　　者：	[美]乔恩·卡茨
译　　者：	黄　琳
出版发行：	当代世界出版社
地　　址：	北京市复兴路4号（100860）
网　　址：	http://www.worldpress.org.cn
编务电话：	（010）83907332
发行电话：	（010）83908409
	（010）83908455
	（010）83908377
	（010）83908423（邮购）
	（010）83908410（传真）
经　　销：	新华书店
印　　刷：	北京普瑞德印刷厂
开　　本：	710mm×1000mm　1/16
印　　张：	13.75
字　　数：	190千字
版　　次：	2013年10月第1版
印　　次：	2013年10月第1次
书　　号：	ISBN 978-7-5090-0725-9
定　　价：	28.00元

如发现印装质量问题，请与承印厂联系调换。
版权所有，翻印必究；未经许可，不得转载！

致谢

  感谢伊丽莎白·斯泰、罗斯玛丽·埃亨、珍·史密斯、玛丽亚·伍尔夫。

  感谢同意我进入他们的生活,了解当下动物对他们意义非凡的家庭、农夫和开格子铺的女士们。

目录

格蕾西的最后一次散步 // 001

洋基队的小粉丝 // 015

是你让他安静下来了 // 025

三个老家伙 // 047

那才是狗狗的天堂 // 059

珀尔和琼的一天 // 073

嗨,有空吃顿晚餐吗 // 081

去,帮我守着 // 093

你是我的守护天使 // 103

会跳舞的狗狗 // 115

哦，『可怜』的『幸运』// 131

天生的一对 // 143

路人劳拉 // 161

人骗不了狗 // 173

一只特立独行的猫 // 185

通灵狗狗欧尼 // 199

格蕾西的最后一次散步

跳舞的狗狗

卡罗琳拖着爸爸送她的那口又破又旧的新秀丽行李箱,沿着东公园路地铁入口处的阶梯向下走。行李箱的轮子磕着台阶,发出响亮的"咚咚"声。这箱子差不多跟卡罗琳一样重。突然,箱子里的东西晃了一下,让她差点从长长的水泥阶梯上滚下去。幸好,她最终安全地来到了站台口。她随即就被一阵阵喧嚣声淹没了:火车驶过的隆隆声,水泥地上响起的脚步声,喇叭里不时传出的播报声,等等。她拖着箱子,奋力地挤过人群,穿过专门为带有婴儿车或大件行李的人(因为它们过不了旋转式检票口)特别开设的检票口,然后沿着长长的斜坡,下到二号线的站台上。二号线开往布鲁克林闹市区,从东河河底穿过,最后到达曼哈顿。没等几分钟,一辆地铁就来了,车厢里挤满了下班回家的人。门边上的几位乘客向里挪了挪,给卡罗琳和她的箱子腾了点空。

车门开始合上的时候,卡罗琳转过身,惊慌地发现两名乘警带着一条令人生畏的德国牧羊犬走进了车厢。虽然天很冷,但她还是紧张得手心冒汗,手一滑,竟然没抓住行李箱的把手。通常情况下,乘警就站在车厢里,匆匆扫一眼,然后就走了,不过这次他们竟然留在这节车厢里了。

火车轰隆隆地开出车站。这两名乘警开始四处查看,边看还边聊着什么。车子到站停了下来,稍后又继续向前开。

乘警走到了车厢的尽头,然后转回头,向卡罗琳这边走来。牧羊犬一直盯着她的箱子,想挣脱狗链,向箱子冲过来。这时,其中一名乘警拉紧了链子。狗低下头,用鼻子嗅着气味,尾巴伸得笔直,开始猖猖地叫着。

"哦,天哪!"卡罗琳低呼了一声。

格蕾西的最后一次散步

"小姐,请下车。"一名乘警说。他体格强壮,身上的深蓝色制服上写着 NYPD(纽约警察部的缩写),一只粗壮的手抓着狗的项圈。这时火车又进站了,车门也打开了。

卡罗琳一打开公寓那扇灰色的金属门,就知道格蕾西死了。因为,如果格蕾西还活着,她就会等在门口,尾巴摇得就像转动的轮子,对卡罗琳欢快地叫着、扭着。有时,她叼着狗链跟卡罗琳打招呼,闭上眼睛,对着她展示她那黄金猎犬招牌式的笑容,似乎在说:"我们散步去吧!"这时,卡罗琳会扔下背包和公事包,扭头带格蕾西一起出门溜达。

午后的阳光透过沾着煤灰的窗子照射进来,卡罗琳站在这狭窄的两居室里,听着远处传来隆隆的地铁声,出神地看着她心爱的狗狗。格蕾西此时伸着她灰色的尖鼻子,蜷着那金黄色的身体,趴在蓝色的奥维斯床里(这张床是卡罗琳两年前给格蕾西买的圣诞礼物),像是睡着了一般。

尽管卡罗琳已经预料到格蕾西时日不多了,但是在看到这痛苦的一幕时,心中涌起的悲伤还是令她浑身麻木。她从没像爱这条狗一样去爱任何东西,甚至是任何人。也没有谁像格蕾西这样地爱她。

卡罗琳环顾四周,打量着这间小小的公寓。它已经变了,变得没有一丝生机。外面的声音似乎更加遥远,汽笛声、喇叭声、卡车发动机声,不停变化的哨子声、咳嗽声、电视节目声,等等,都穿过薄薄的墙,一点点传进来。格蕾西的水盆是满的,饼干还在她的碗里,早上给她的牛皮卷和花生味小骨头一点儿都没动过。

所以,格蕾西在早上的时候就走了。

格蕾西的球和玩具都在她的小床旁。有一个球在她的嘴边,黄色的,那是她最喜欢的玩具。

格蕾西一直很喜欢追着东西跑,然后把它们叼回来。当她把玩具叼回来,放在卡罗琳脚边时,她总是睁大着眼睛,不停地摇晃着尾巴,仿佛在

撒娇,求卡罗琳跟她一块玩。无论卡罗琳在做什么,打电话、上网或者看书,她总会捡起格蕾西的玩具,然后丢还给她。公寓太小,没地方玩扔接玩具的游戏,而且邻居也总是抱怨她们弄出的噪音太大,但是狗狗可不管这些,总是乐此不疲。当卡罗琳没有耐心再陪格蕾西玩这个游戏时,她会收起所有的玩具和球,把它们放到橱柜里。否则,这只可怜的狗会不停地跑来跑去,直到累得躺在地上为止。

卡罗琳第一次见到格蕾西是在展望公园的一块空地上,当时格蕾西正在那里乱跑。当卡罗琳看到这只瘦骨嶙峋、跛着脚的狗叼着一份卷起的报纸,小跑向自己时,她知道这是只走失的狗。她把狗直接带到了最近的宠物医院。去医院的路上,格蕾西一直都叼着这份两天前的纽约时报。兽医说,格蕾西没受到很好的照料,一直在挨饿。卡罗琳花600美元为格蕾西买了一些食物后,她的皮毛开始发亮,变得健康快乐起来。卡罗琳在小区附近贴了招领启事,但是几个星期过去了,也没有人来认领格蕾西。

从那天起,她们成了彼此忠实的伙伴。她们一起度过骇人的暴风雪之夜,一起去海滩玩耍,每天都去狗场转一转。当卡罗琳坐在电脑旁工作时,格蕾西便会趴在她的脚边当脚凳,为她暖脚。卡罗琳就像是一位母亲,总是为自己的孩子感到骄傲自豪,所以她把格蕾西的照片挂在自己在Facebook上的主页上。

当卡罗琳到街角咖啡馆喝咖啡时,格蕾西会安静地待在外面,眼睛一眨不眨地盯着大门,耐心地等着卡罗琳。格蕾西在小区里的朋友甚至比卡罗琳还多。她们在散步时,总会碰到邻居、门房、巡逻警察、送货员,他们会停下来热情地跟格蕾西打招呼。格蕾西是一只能让人微笑的狗,她为卡罗琳打开了一扇与外界交往的窗子,没有她的帮助,卡罗琳根本不可能这样跟外人沟通。

但是,一年多前,格蕾西就已经被诊断出患上了充血性心力衰竭。"情况本来还会更糟。"梅耶医生指着X光片里格蕾西肋骨上的灰色阴影,对卡罗琳说,"她已经活到九岁了,这对黄金猎犬来说已经算高寿了。"其中五年的时光有卡罗琳的陪伴。"她可能会在睡梦中死去。我们帮不了她什么了。"最后的替代手术对格蕾西来说很痛苦,也不知道她能不能挨过这个手术,而且费用还很昂贵,所以卡罗琳没有让格蕾西接受手术。

卡罗琳此时跪在地板上,把脸贴在格蕾西那灰色冰冷的鼻子上。

外面,阳光已经移过了对面高大的建筑,公寓笼罩在十一月傍晚的昏暗中。

过了许久,卡罗琳才坐起来。她还记得母亲去世时,以及后来基思放弃他们五年的感情离开她时,格蕾西是怎么陪她度过那些难熬的时光的。卡罗琳被解雇的时候,姐妹生病的时候,约会泡汤的时候,夜晚孤独寂寞的时候,格蕾西都在一旁陪着她。每当卡罗琳心中的爱变成闪烁的烛光,快要熄灭的时候,都是格蕾西让她重新燃起了对爱的信心。

卡罗琳静静地坐在地板上,轻轻地抚摸着格蕾西,直到快吃晚饭的时候。这时,卡罗琳才想到要处理格蕾西的尸体,但是她不知道怎么办才好。她住在布鲁克林的中心区域,这不是北部,那里有很多农场,可以把狗葬在树林里。她根本不知道这里的人们是怎么处理狗狗的尸体的。想到这,她有些惊慌失措。她赶紧打电话到梅耶医生的办公室。幸好接待员说他还没下班,卡罗琳耐心地等了几分钟,梅耶医生终于来接电话了。

"格蕾西死了。"卡罗琳的声音有些颤抖,不过梅耶医生能听清楚她在说什么。

电话那头沉默了一会儿,有一秒钟卡罗琳甚至怀疑电话断线了。

梅耶医生说了一些安慰的话,但是能听出来,他心不在焉。卡罗琳能听到颤颤的电话音,还隐约能听见狗狗们紧张的大叫声。她暗自想他平均一周要处理几次类似的事情。

"我不知道怎么办才好。"她脑子里想象着把格蕾西放进垃圾袋,然后

扔到街头的情景。人们真的会这么做？

医生清了清喉咙，"如果可以的话，把它带到这里来吧。"

听到医生的话，卡罗琳吃了一惊。

"你有大号的旅行箱吗？"梅耶医生问道，"我们会把她火化，然后把她的骨灰还给你。在纽约没有其他的办法了。没有出租车会载死狗的。在皇后区有一家动物殡仪馆会为动物提供灵车，但是要价很高，要400到500美元。"

卡罗琳倒吸了一口冷气。为了给格蕾西看兽医，买特餐和药物，她的信用卡上已经欠4000美元了，她再也拿不出另外的500美元了。这些天来，卡罗琳感觉自己就是欧·亨利笔下的一个女店员，每天只能勉强糊口。

梅耶医生说自己有急事要处理，让卡门跟她细说。卡门是一个来自委内瑞拉的女人，她帮梅耶医生打理他的宠物医院，爱指使人。卡门有一头蓬松的头发，体型更是庞大。她浑身都戴着闪闪发亮的金首饰，那打扮不像在宠物医院工作的职员，倒像是去泡夜店的玩客。不过格蕾西很喜欢她，一部分原因应该是喜欢她办公桌上罐子里的饼干。卡门记得所有来宠物医院看病的宠物的名字，但是对接待室的主人们很凶。

"把她带到这里来。"卡门大声说，"把她装进旅行箱里，坐地铁过来，不过要当心巡逻的交警。这么做不犯法，但是也不怎么合法。你知道那些带东西上火车的人是怎么做的。"

卡罗琳确实不知道那些人是怎样做的，她从来不带奇奇怪怪的东西上火车。

"我晚上会在这里待到八点钟。"卡门说完就挂了电话。

卡罗琳走到橱柜前找垃圾袋，可是袋子都太小了。所以她出了门，步行去两个街区外的便利商店买袋子，那里有容积为50加仑超厚的垃圾卖袋。卡罗琳买了一盒，十二只。

她回到公寓，打开包装，拿出两只袋子，把其中一只套在另一只外面，然后把它们放在狗床边的地板上。格蕾西的舌头伸着，搭在嘴巴的一侧。卡罗琳轻轻地把她的舌头卷起，塞回她的嘴巴里。她把袋口套在格蕾西的头上，然后拉住袋子，试着套住她僵硬的尸体。袋口卡在了格蕾西伸出的腿上，卡罗琳使劲拉拽袋子，但是就是不能把格蕾西露在外面的身体塞进去。她的手臂开始发酸，身上也开始冒汗，就在这时，这两只袋子破了，被格蕾西锋利的爪子划成了两半。卡罗琳又拿出两只袋子……很快，刚刚买的一整盒袋子都弄坏了，但是格蕾西还没被装进袋子里。

"对不起！"卡罗琳大喊了一声。她抓起一把剪刀，想把袋子剪开，包在格蕾西身上，然后用带子把这些垃圾袋连同格蕾西一起捆起来。

一个小时后，终于包好了。卡罗琳闭上眼睛，深深地吸了几口气。格蕾西的身子一直都很柔软，也十分暖和，但是她现在却四肢僵硬，身体变得又凉又重。外面裹着的滑滑的塑料袋，发出窸窸窣窣的声音。即使是隔着袋子，卡罗琳都不敢再摸格蕾西那冷冰冰的尸体。虽然她还没有发臭，至少现在还没有，但是她的气味已经变了。

卡罗琳把旅行箱放在地板上摊开，使劲把包在垃圾袋里并且被带子捆着的狗塞进箱子。格蕾西的头从袋子里滑了出来，她的四肢也在箱子的外面。卡罗琳闭上眼睛，使劲把格蕾西的前脚推向她的肚子。

卡罗琳一直觉得自己这么做会伤着格蕾西，所以她尽量把动作放轻。

"天哪，我做不了。"卡罗琳边塞边想。但是她找不到人来帮助她。

她再次抓起格蕾西的腿，把它们往前折。她的腿很硬，很难掰动，不过最后终于被弯过来了。卡罗琳终于把格蕾西塞进了箱子里，拉上拉链。她一屁股坐在旁边的地上，感觉浑身都麻木了。

过了一会儿，卡罗琳站起身来，努力把装着格蕾西沉重尸体的行李箱立起来。她穿上大衣，拉着箱子走出公寓，穿过走廊，走进电梯，然后到了街上。

卡罗琳拖着箱子走在人行道上时，天一直在下雨。黑色旅行箱的轮子

撞在水泥地面上,发出沉闷的"咚咚"声。她一直担心,箱子发出这样的声音,会不会引起别人的注意,猜出里面装的不是衣服。但是根本没有人注意它。

走到地铁站的楼梯口时,卡罗琳停住了。她实在不想让格蕾西沿着水泥台阶,"咚咚"地滚下去,但是她又没有别的法子。旅行箱颠簸着沿着台阶一级一级滚到了底,然后卡罗琳拉着它走过为残障人士设置的关口,来到了站台。她的手臂发酸,但是她仍一直牢牢地抓着身边的箱子,等到地铁轰隆隆进站后,她拉着它进了车厢。

上了地铁后,卡罗琳站在车门边,抓着一根栏杆稳住身子。她注意到,在这拥挤的车厢内,自己是唯一一个带旅行箱的人。列车驶出车站,她紧紧地抓着箱子的把手。

几分钟后,卡罗琳注意到一只警犬向她走来,后面还跟着两名警察。

卡罗琳没跟警察打过什么交道,长这么大也只被警察盘问过几次。她的父母在皇后区当教师,都是守法的公民。其中一名警察似乎看出了卡罗琳的紧张。她扫了一眼这名警察的胸牌,知道他叫桑切斯。

当卡罗琳跟着这两名警察以及一直在"唔唔"叫的德国牧羊犬走向站台时,其他乘客都往车厢里走。这两名警察好奇地打量着她,表情并不十分冷漠,然后他们又低头看向她的箱子。

"嗯,"卡罗琳平静地说,"箱子里是一只死狗,我要把他带到宠物医院去。"

"你要去宠物医院,带着一只装有死狗的旅行箱?"

那名叫桑切斯的警察弯下腰,摸了摸箱子的侧边,然后很快把手收了回来。

另一名警察说:"小姐,我得跟你说,你要走过去,或者叫辆出租车。你不能把动物带上地铁,死的活的都不行。明白吗?"

她转头看了看四周,发现卑尔根街车站现在就只有她一名乘客。到市政厅梅耶医生的医院还有三站路呢。她眨着眼睛,泪水从脸颊上滑了下来:"要走很远的路呢。"

桑切斯摇了摇头,另一名警察则翻着眼睛,看向天花板,一副我什么也没看到的样子。

卡罗琳叹了口气,拖着行李箱慢慢走向楼梯,要爬两段台阶才能上到车站出口。看着她吃力的样子,桑切斯赶紧跑来帮她一把,把行李箱抬上了最后的十几级台阶。

卡罗琳准备沿着长长的法院街向前走时,桑切斯说:"对你失去爱狗,我感觉很难过。"

卡罗琳拿出手机打给卡门。卡门说:"梅耶医生已经下班了,我会等你的。"

外面还在下雨。十一月冰冷的细雨使暮色中的一切变得更加昏暗。虽然格蕾西的尸体在箱子里摇来晃去,箱子也跟着左右摇摆,尤其是在十字路口经过路障时,箱子摇摆得更厉害,不过地面湿滑,箱子倒没有原来那么难拉了。这是格蕾西的最后一次散步,卡罗琳想。

从卡罗琳旁边经过的行人时不时地用疑惑的眼光看着她,她才意识到自己竟然在跟箱子说话。以前她们一起散步的时候,卡罗琳总喜欢跟格蕾西说话,猜测从她们身旁经过的人,有没有钱,有什么样的性格,是否出名,做什么工作等。她会说"医生"或者"华尔街的",亦或是"神经病"。

但是现在卡罗琳又累又饿。街角的小店正要打烊,她问老板能不能给她一个椒盐脆饼。老板点点头,给了她一个,不过这饼又凉又干。雨还在下着,气温接近冰点。她常常和格蕾西分一块脆饼。格蕾西喜欢边散步边叼着一块饼,有时能叼着它走几个街区,有时甚至等回到家才会把饼给吃掉。现在卡罗琳拿着饼,把它分成两半,将其中一半扔进垃圾桶,然后开始啃另一半。

"嘿,"她小声对旅行箱说,"这是个学者。"

一个戴着花呢帽,留着山羊胡,撑着一把大伞的高个子男人急匆匆走过,肩上的双肩包左右摆动。"可能是个治疗师。"她又说。

一个穿着运动裤和连帽运动衫的健壮的黑人从旁边跑过。"德瑞克·基特。不是。"她总会在路上找那些有名的体育明星或电影明星,然后指给格蕾西看。不过她经常会加一句"不是"。但是有一次,她们遇到了迈克·贾德。他竟然在她们旁边停了下来,逗格蕾西,格蕾西还舔了下他的手。卡罗琳当时惊讶得说不出话来,在迈克询问格蕾西名字的时候,她差点答不上来。

卡罗琳在人行横道旁等绿灯的时候,差点踩到一只狮子狗,这狗被长长的链子拴着,对着她和她的旅行箱"汪汪"直叫。

"叛徒。"卡罗琳对格蕾西说,声音不由得放大了些。拉着狗链的女人瞪了她一眼,没有说话,径直往前走了。

这天晚上,法院街上没多少行人。在碰到"德瑞克·基特"后,她又认出了两个在华尔街上班的人,彭博市长(不是),一个连环杀手。当这些人走过时,卡罗琳都不忘提醒格蕾西留意。

走了大约半个小时,卡罗琳感觉抓旅行箱把手的右手磨出了水泡。她的运动鞋已经湿透了,袜子也一样。她的脚踝还被箱子撞了两下。第一次撞出了一块瘀伤,第二次的时候,箱子角上坚硬的塑料划伤了她的跟腱,渗出的血滴到了鞋帮上。

卡罗琳终于走到了诊所。她推开诊所门的时候,感觉心头一阵悲伤。格蕾西最后的散步结束了,她伤心地大哭起来。

当卡门从接待台走出来,搂着她的肩膀,安慰她的时候,卡罗琳边吸着鼻子边说:"对不起。"

"把大衣脱了,坐一会儿。我来帮你处理格蕾西。"

小小的候诊室里空荡荡的,大部分的灯都关了,有些昏暗。卡门接过旅行箱,准备拉着它往后面的办公室走去。

"等等!"卡罗琳大叫了一声。卡门停下脚步,卡罗琳跑过去,跪在旅行箱旁边,紧紧地抱住箱子的上部。过了一会儿,她才站起来,看着卡门把箱子拉到后面去。她觉得自己刚才应该说一些什么的。

"再见,格蕾西。"说着,她眼睛里已满是泪水。

几分钟后,卡门带着空箱子出来了。

卡罗琳抬起头,看到墙上贴着各种寻找走失的狗和猫的传单,以及治疗狂犬病、壁虱、莱姆病的海报。她瞥见一张传单,上面的标题是"当你失去宠物时"。她把它撕了下来,塞到口袋里,想回家再看。

卡门往电脑里输了些信息,然后告诉卡罗琳,火葬的费用从300美元到700美元不等,她可以自行选择骨灰坛的样式。

卡罗琳选了一个小骨灰坛。她要把格蕾西放在对着第八街的窗台上,以前格蕾西最喜欢趴在那里往外看。卡门告诉她,格蕾西的骨灰要三个星期之后才能领到。

卡罗琳站起身来准备离开。这时卡门又说:"嘿,能帮我们一个忙吗?"

卡罗琳愣住了,不知道自己能帮他们什么忙。

"星期天我们这来了一批小狗,但是这里没地方养他们。你那有只狗笼子,是吧?"

是的,格蕾西是有只旧笼子,卡罗琳把它收起来,放在地下室里。但是她犹豫了一下,没有马上答应。

卡门向她保证说:"就在你家放几天。几天前,凡诺兰德大道的一所公寓着火了,一大群狗狗包括这些小狗被送到了这里。他们有些被烟雾呛着了,差点窒息死掉。我们没那么大的地方收留所有的狗,所以就请求我们的一些客户帮忙照看几天。"

格蕾西刚死,就带另一只狗回家,即使是让他住一天,这似乎也是在背叛她。自己离开这个世界才几个小时,卡罗琳就带另一只狗回她们的公寓,格蕾西会怎么想?

卡门似乎看穿了卡罗琳的心思,她说:"我们不强迫你,亲爱的。也不过就是帮我们照顾几天,等我们为他们找到地方了就接回来。他们才九周大,还没有名字呢。不过我们都给他们打过防疫针了。"

卡门拉着卡罗琳的手,引着她往诊所里走。她们经过检查室、手术室、那些装着生病或被寄养的狗狗的笼子,来到诊所的后面。当她们走到走廊尽头时,卡门打开了一扇铝合金门。这是一间很小的房间,比杂物间大不了多少,光线十分昏暗。房间里有六只笼子,有两只装着小狗。

卡门说:"我们把这房间叫作'最终审判室',用来放那些不治之症或找不到主人的动物。很多人都不忍心来这里,因为这里的猫和狗都是没人领养,或是被人从街上捡来的。星期天公寓着火后,他们就被送到了这里。"

卡门打开头顶上的灯,走到一只笼子前,里面有好几只紧张不安的小狗。她打开笼子,从里面抓了一只出来。

"这是一条母狗,很漂亮,很讨人喜欢。她被烟呛着了,有些咳嗽,还吐过,不过现在都好了。"

卡门把小狗放在桌子上。这只小狗胖乎乎的,眼睛很有神。她抬头看着卡罗琳,正好遇上了她的眼神。她打了个哈欠,然后摇了摇尾巴,慢慢爬向卡罗琳。卡罗琳一把将她抱了起来。小狗身上的毛呈棕色和黑色,似乎是德国牧羊犬和柯利牧羊犬的混种。她摸起来很柔软,很暖和,卡罗琳感觉一种爱怜之情在心中油然升起。

"我叫她'信仰'。"卡门说,"因为我们要相信她能找到属于她的家。"

"或者叫'希望'。"卡罗琳说。

"是的,或者叫'希望'。"卡门十分赞同。

卡罗琳倾身向前,鼻子几乎要碰到这只小狗了,小狗舔了舔她的脸。她闭上眼睛,深深地闻了一下小狗的气味。

卡门在忙着照顾其他的小狗,她背对着卡罗琳说:"很多人来到这里对我说,他们再也不想经历失去狗狗的痛苦了。他们不知道再失去一只狗狗后，自己该怎么办。但是很多狗需要家，而很多人则需要狗。生活总是一直向前，是吧！"

卡罗琳把下巴放在小狗的脑袋上。小希望舔着她的脸，呜呜地睡着了。

卡罗琳无论如何也不想把这只小狗放到那只臭烘烘的旧旅行箱里。她想一回家就把箱子给扔掉。她把小狗裹在大衣里，就在她的脖子下面，这样小狗可以透气。

卡罗琳和卡门一起走出诊所。卡门说了些祝福的话，抱了她一下，然后转身锁上了诊所的门。

带着裹在大衣里的小狗，拉着空空的旅行箱，卡罗琳向地铁站走去。就在车站入口处，她停住了，她不想再次被赶下火车，然后走回家。这时，她看到旁边有辆空出租车。即使在她看来，只有那些在华尔街工作的人或者是游客才会打出租车，但是她还是朝车子挥了挥手。司机是一名胖胖的年轻黑人，他问卡罗琳愿不愿意把旅行箱放到后备箱里。

卡罗琳说了句不愿意。不过好心的司机还是下了车，帮她把箱子塞进后座。"很轻哦。就只待几天吧？"他微笑着说。

卡罗琳没有回答，她在烦出租车费、火葬费，还有给小狗买食物的费用。当车子启动时，卡罗琳的大衣里传出了小狗尖尖的叫声。她抬头看了看后视镜，发现这名年轻的司机在看着她，面上带着些许微笑。

他说："只要不让她出来，我不介意的。"

卡罗琳也笑着松了一口气。

"新养的狗？"他问道，"我有一只黄色的拉布拉多犬，叫特里克西。"

卡罗琳一直不怎么擅长和陌生人打交道，从来没有和同龄的异性说过太多的话。但是，现在她打开了话匣子。听到自己滔滔不绝地说话，她简直难以相信自己的耳朵。她告诉这位名叫杰瑞德的司机，自己是怎么把装着死狗的旅行箱拉到地铁站，地铁上的警察又是怎么把她赶下地铁，她又是怎么遇到小希望的。

跳舞的狗狗

杰瑞德认真听着，不停地点点头，对卡罗琳充满了同情。计价器打到4美元的时候，他把机器停了。"这次旅行不贵，我来给你买单。"他说。

在卡罗琳家门口，他们在车子里坐了半个小时，谈论各自的狗。在他们聊天时，希望爬出卡罗琳的大衣，爬到前座，趴到了杰瑞德的大腿上。

杰瑞德问卡罗琳，他星期六能不能带特里克西到展望公园和希望一起玩。他说这比一个人和小狗玩有趣多了，而且特里克西老了，还有病。不久之后，他也将会失去她。

"那时肯定很难过。"他说着，脸上露出慈爱和同情的表情。

"是的。"卡罗琳说。她突然想到了格蕾西，想到她一直给自己的爱。"但是生活总是一直向前，不是吗？"

洋基队的
小粉丝

跳舞的狗狗

凌晨三点五十分，丽莎贝斯迅速地把车停进邓肯甜甜圈的停车场。作为邓肯专营店早班的助理经理，丽莎贝斯要负责很多事，生炉子、开暖气、把卫生间打扫干净、检查得来速的麦克风、开咖啡机、把甜甜圈放进烤箱。

丽莎贝斯一边忙手上的活，一边说话。因为她发现，这不仅能叫醒自己，也能让其他人保持清醒。而她最喜欢说的话题就是狗。

丽莎贝斯用她养过的狗来界定自己人生的各个阶段。她开始在 DD（邓肯甜甜圈店）工作时，养了一只罗特韦尔犬，名叫跳跳虎。这是一只集天使与恶魔于一身的狗，曾经吓到过邻居，最后撞上了垃圾车，倒地而亡。那是丽莎贝斯最难熬的一段时光：她母亲病了，丈夫弗兰克又失了业，他们几乎身无分文，穷得叮当响。

接下来她养了只不清楚血统的杂种小狗，叫作"大头菜"。丽莎贝斯连续上了七年的晚班，大头菜天天陪着她。丽莎贝斯在上班的时候，他就坐在她的车子外面，一有风吹草动就开始狂叫，直到半夜店里打烊。在这段时间，丽莎贝斯的两个孩子都还小，她一边要照顾孩子，一边还要打两份工。大头菜似乎挺满意丽莎贝斯对他的照顾。

丽莎贝斯每天早上都要站在得来速窗口前，为那些早起的人和上班族提供餐点。而在窗口的柜台上摆着一张黄金猎犬的快照，这是她的凯西。在她家的冰箱上，贴满了她养过的所有狗狗的照片。凯西陪伴着丽莎贝斯进入中年，见证了她的孩子慢慢长大成人，也看到了她的婚姻出现的种种可笑的问题。弗兰克一直是一个安静低调的人，但是最近几年他变得偏执，开始沉迷于或者可能是躲进体育运动中，尤其迷洋基队。洋基队的每一场比赛他必看，而且是雷打不动，全神贯注。有时，他会忘记他们的结婚纪念日或者丽莎贝斯的生日，但是他却总记得洋基队的战绩、击球率和投手的综合防御率，可能他在嫉妒家里所有的宠物。以前，她每带一只猫或狗回家都会引起一场激烈的争吵。而一年前，她最喜欢的狗凯西患了肝癌，死掉了。从此以后，他们家再也没有养狗。

弗兰克是一家肉类加工仓库的晚班管理员。他看到丽莎贝斯竟然为凯西花了2400美元看病，就坚决反对丽莎贝斯再养宠物。他说，不准再养宠物，这样就不会再买狗粮，沙发不会再被弄坏，他祖母的小地毯上不会再有狗粪，不用再冒着雨雪出去遛狗，他的毛绒衬衫和短裤上不会再出现狗毛，也不会有狗在厨房的地板上小便，电视柜上的椒盐脆饼也不会被偷吃掉。不会再听到丽莎贝斯对凯西柔声地说话。

曾经在他们第一次约会的时候，在被他称为"空白的时光"里，在斯泰因·布伦纳成为洋基队老板，带领洋基队取得辉煌胜利之前，丽莎贝斯也这么对弗兰克轻声细语过。不再养狗。

丽莎贝斯对珍妮说，夫妻之间，就要靠一些小事情、小动作、小小的关心体贴和偶尔的亲昵来维系的。但是，很长时间以来，弗兰克没对她做过这些。珍妮和丽莎贝斯一样，在得来速窗口前负责给客人备餐。丽莎贝斯说，弗兰克常说，以前在他家每天晚上都有热腾腾的晚餐，他希望自己的妻子也能办到。至少他希望是这样。说到这，丽莎贝斯笑了一声，他很少能吃到热腾腾的晚餐。丽莎贝斯不太会做饭，而且经常不是在干这份工作就是在干那份工作，弗兰克倒挺欣赏她的勤快。

老天爷不准，我也没办法。丽莎贝斯心想：他什么时候起来给他们俩做过热饭？因为他在他父母家没有看到过父亲给一家人做过饭，所以他也不做。

不过他们的生活是有底线的。虽然他们的婚姻不像童话故事那样美满，但也不太糟糕。他们彼此尊重，努力为两个孩子提供最好的保障，省

跳舞的狗狗

吃俭用为了每年九月份一家人能去乔治湖边度两个星期的假。

在他们29年的婚姻生活中，即使弗兰克从来就不喜欢动物，但有时丽莎贝斯对动物的爱护能对她产生重大的影响。"是他们找到了我。"她对弗兰克解释说，但是他的回答总是那样："让他们找其他人去。"

直到凯西死之前，丽莎贝斯还总能找到办法把小狗或者小猫带回家。但是这次不同，弗兰克真的下了禁令。

"那要是有新狗的话，你打算怎么办？"珍妮问她。珍妮和她母亲住一块儿，家里养了四只猫和两条流浪狗。老实说，她真难以想象要是家里只有人（尤其是只有弗兰克这样的人），没有动物，这日子该怎么过。

"我不知道。"丽莎贝斯说，"弗兰克说不准养动物，不准养狗。他说我们养不起。嗯，他说的也有道理。"

珍妮抬头扫了眼屏幕，看了看还要冲多少杯咖啡。"不准养动物？"语气中带着怀疑。

丽莎贝斯接了一份单子——双份拿铁，六个浇糖甜甜圈，三个苹果草莓馅的松饼，两份中杯热咖啡要加奶和糖。

"请停到窗口。"她对顾客说。

"偷偷带回家不行吗？"

丽莎贝斯大笑起来。"亲爱的，难道你偷偷带只小猎犬回家，还能不让家里人知道？"

丽莎贝斯从身后拿起装甜甜圈心的袋子，准备留着给狗狗做甜点。在DD有条不成文的规矩，如果主人要求的话，可以把甜甜圈给狗狗吃。而且在大部分情况下，这都是免费的，所有的狗看到DD店都很兴奋。

丽莎贝斯似乎听到话筒那边传来狗叫的声音。不一会儿，一辆SUV停在了窗口旁，这只叫百利的拉布拉多犬从后窗伸出他大大的脑袋。丽莎贝斯觉得可以喂狗是这份工作最棒的地方。店里大概有十几个常客，经理吉姆跟丽莎贝斯开玩笑说："你应该把所有的客人都当作是狗。"每当经理这么开玩笑的时候，丽莎贝斯从来不笑。狗狗们见到她都很开心，他们不会在话筒那头咕咕哝哝，根本听不清要什么，也不会急匆匆地点一堆东西。即使弄错了，也不会在那唠叨个不停，或者抱怨冲咖啡的时间太长。

她转头对珍妮说："我昨晚又上宠物收养网看了一下，上来一只很漂亮的狗，是一只米格鲁犬，那双眼睛真大，我敢保证你没见过那么大的眼睛。他很健康，也打过防疫针了。他的主人中风死了，邻居们在主人屋里发现他的时候，他都快饿死了。他的习惯很好，他们都说他是个小甜心。"

"但是弗兰克不准你养狗啊。"珍妮边说，边在话筒旁的工作台上为顾客倒咖啡。

"我知道，我知道。"丽莎贝斯说。

珍妮摇了摇头，暗自庆幸没有人管她，警告她不要养狗或者养猫。她结过两次婚，但是无论哪一任丈夫都比不上她养的任何一只猫。

"下班后，义工会在商场见我。"

"你不一定要去的。"珍妮边说边给咖啡杯盖上盖子。

丽莎贝斯又接了两个单子，然后检查了检测器，说："是的，所以鸟也不一定要飞。"

丽莎贝斯和珍妮把车停在威基伍德商场（整个县最大的商场）南边的停车场里，等着北卡罗来纳州米格鲁救援组织的蓝色小货车。

不一会儿，珍妮叫着"来了，来了"。丽莎贝斯闪了一下车灯，小货车一个急转弯转向了她们。

开车的人叫珍妮特，她向丽莎贝斯和珍妮简单介绍了自己，然后打开货车的拉门，里面传来狗狗的尖嚎声。丽莎贝斯往里面看了看，一只漂亮的米格鲁在看着她，使劲地甩着自己的尾巴。

珍妮特关上了门，说："他们太兴奋了。"不过丽莎贝斯知道，珍妮特不是因为这才把门关上的，是为了不给狗狗太多的希望，以免领养不成功

跳舞的狗狗

时狗狗们失望。

丽莎贝斯没有丝毫犹豫,直接说:"我要他。"

珍妮看着她,心里有些吃惊。丽莎贝斯整天都在说弗兰克不准她养狗,怎么这时的态度却这么坚决?

珍妮特拿出一张表格,问了丽莎贝斯很多问题。比如:家里有没有栅栏?给狗狗吃什么食物?会保证给狗去势(养狗的人常用去势代表阉割)吗?在家的时间多吗?采用哪些训练方法?会每年带狗去打防疫针吗?家里有没有小孩或老人?丈夫对此有何想法?他想要这条狗吗?允许调查员来看狗吗?会每天遛三次狗吗?

丽莎贝斯以前也回答过类似的问题,对于大部分问题她都作了诚实的回答。珍妮特也填好了她那边的表格,两人交换了表,然后丽莎贝斯拿出50美元,这是给救援组织的捐款。珍妮特说自己还有四条狗要送,最远要到加拿大边境,所以当丽莎贝斯和珍妮把从DD带来的咖啡和甜甜圈送给她的时候,她很高兴地接受了。

她们走到货车后面去取狗。珍妮特把笼子打开,在狗狗的项圈上套了根狗链。这只狗,大约三岁大,他猛地冲下货车,开始闻丽莎贝斯的鞋子。他的尾巴摇得飞快,看起来像是飞机飞转的螺旋桨。

珍妮特对丽莎贝斯说:"你知道的,这种狗的鼻子很灵敏。所以他们很活泼,但不太听话,在闻到什么东西的时候,尤其如此。"

珍妮特还说这只狗的名字叫欧文。他以前的主人常跟他一起看电视,他和其他的狗相处得很好,但是不知道跟猫会处得怎么样,至少在米格鲁狗中,他算是十分容易相处的。

珍妮特在说的时候,丽莎贝斯正跪在欧文面前,忙着用手抚摸他的头,没怎么注意珍妮特在说什么。她从口袋里掏出一把饼干,这只狗狼吞虎咽地一下子就吃光了。

"这个方法很有用。"丽莎贝斯说,而欧文则看着她,一副很是赞同的样子。

丽莎贝斯把车停在自己错层式房子的车道上。弗兰克那辆破旧的雪佛兰皮卡也在车道上。从车里，她能看到家中起居室里的电视信号灯在不停地闪烁着。这台巨大的平板电视是去年夏天她和孩子们买给弗兰克的礼物，那时洋基队正向总冠军进发，但是最后却惨遭败北。早知道洋基队会被洛杉矶天使队横扫，她就不会给弗兰克买电视，而是买西部乡村音乐的CD，或者汉克·威廉姆斯的CD，又或是德瑞克·基特比赛的DVD了。

现在，她的心跳有些快。弗兰克不是个坏人，真的不是坏人。这么多年来，他让很多狗和无数只猫进了家门。但是自从凯西死后，她一直觉得孤独在不停地啃噬着她，有时她甚至感觉自己的生活出现了一个大黑洞，总是空落落的。

这只米格鲁犬从车子里跳了出来，立马用鼻子闻地面，在那打了好几个转，最后才跟丽莎贝斯去后门。她停下来，然后转身进了车库。一想到弗兰克的反应，她就开始颤抖，他一定不会同意自己养狗的，他会让她把这只可怜的小东西带到鲁特街50号的避难所，那里的人们会把他关进笼子里。如果他心情好，他可能会让她打电话给救援人员，让他们把狗接回去。珍妮特已经向她保证，如果出现任何麻烦，他们都会把狗带回去的。

"欧文，"丽莎贝斯低声地说，"待在这别动。"他抬头用他那充满悲伤的眼睛望着她，不知道发生了什么事。

她在车库架子上的盒子里四处翻找，欧文则盯着她的口袋，紧随其后。只要看到过一次她从口袋里拿饼干给他，他就会记住那里有好吃的。

她拿起手机，打电话给珍妮。

"他看到狗了吗？"

"还没，珍妮，我害怕。我就是害怕。"她感觉泪水涌出了自己的眼睛，"不只是狗的问题。我已经52岁了，我竟然还害怕自己的丈夫。我不想有

这种恐惧的感觉。"

珍妮告诉她,如果丽莎贝斯愿意的话,她会过来把狗带走,或者陪她回家。但是丽莎贝斯礼貌地拒绝了,说要自己来处理。

她挂上电话,用DD橙色制服的袖子抹干眼泪,把小狗拉到自己的身边。小狗好奇地看着她,没有一点害怕的感觉。看来她也要勇敢一点才是。

她深深地吸了口气,继续在盒子里翻找东西。最后,她拉出了一条洋基队的纪念围巾。这是她和弗兰克在派送会那天,在新洋基体育场领到的。她把围巾围在欧文的脖子上,然后走进厨房。她听到客厅里传来熟悉的棒球解说员的声音。

她拿出一只碗,装满水,然后放到地板上。

"亲爱的,我回来了。"她大声说了一句。

"嘿,亲爱的。"弗兰克回答道,"我马上就好了。已经第八局了。张伯伦把蓝鸟队压得死死的。我在等里维拉出场。"

丽莎贝斯笑了。弗兰克不信教,但是如果硬说他信教的话,那他绝对是马利亚诺·里维拉教会的信众,里维拉是洋基队的王牌终结者,或者是德里克·基特的信徒,他是洋基队的游击手和队长。虽然丽莎贝斯很佩服他们的才能,但是也忍不住希望这两个人能远离自己的生活。

她拿起另一只碗,又拿出狗粮袋,这是凯西死后她一直留着的。欧文大口大口地把碗里的狗粮都吃掉了。

弗兰克时不时地向丽莎贝斯汇报战况。里维拉投了两个好球,再投一个的话,就打成平局了。他要把投手三振出局。"加油,马利亚诺!"弗兰克在客厅里大叫。

丽莎贝斯还在浑身发抖,她想挥走恐惧,让自己冷静下来。我是个成年的女性,我不是小孩,我不是个胆小鬼。

她弯下腰,松开欧文脖子上的链子。狗狗在厨房里绕了两圈,然后跑出厨房,直接跑进了客厅。

丽莎贝斯打开冰箱，拿出一罐百威啤酒。她要喝点儿酒，壮壮胆儿。

她听到一声叹息，解说大嚷着说里维拉把对手送上了一垒，现在四垒上都有人了。他要把下一个投手三振出局，或者打出双杀才行。"该死！"她想着，这时弗兰克的心情肯定不好。

然后，她就听到弗兰克骂人的声音。

"这他妈的是什么东西？你是谁？老天，我以为你们再也不会来烦我了！"厨房里，丽莎贝斯闭上眼睛，屏住了呼吸，暗自祈祷。

欧文，帮帮忙，做点什么。

她开车回家的时候，这只狗坐在车子里，头一直放在她的大腿上，一副十分乖巧的样子。现在，她不能把这只可怜的东西送走。天哪，在回家前，她就应该通知弗兰克的，让他知道她带了条狗回来。是的，她可以不这么做，但是她应该要这么做的。

丽莎贝斯盯着厨房里的钟，等着弗兰克发飙。可是几分钟过去了，什么也没发生。怎么回事？电视里，解说员评论说击球员需要重新击打。然后是广告时间。

怎么了？弗兰克怎么没有叫她？为什么没听到弗兰克继续吼叫的声音？这时她的手机响了，是珍妮打来的，她没有接。

她用颤抖的手抓住啤酒罐子，悄悄地走过门厅，躲在角落往客厅看。信号又切换回赛场，马利亚诺·里维拉在准备投球。

"封杀了他们！"解说员在大嚷，"里维拉又一次封杀了他们。他连续把两名击球手三振出局，比赛结束了。洋基队赢了！谢谢马利亚诺·里维拉保住了这一局，也谢谢德里克·基特在上一局打出了全垒打。"客厅里满是观众的欢呼声。丽莎贝斯转过头看向沙发。

她惊讶地张大了嘴巴。弗兰克坐在沙发的左边，手上拿着一罐啤酒。欧文则坐在他旁边，脖子上的围巾露出洋基队的标志。一人一狗正盯着电视看比赛。弗兰克还把一只手放在围巾上，似乎把它当成了幸运符。

"是你把他带回来的?"弗兰克瞪了丽莎贝斯一眼,转头看向欧文的时候,眼神却十分的温柔。欧文正盯着面前的电视,聚精会神地看着,似乎里面有一块美味的牛排。

"他们赢了。"弗兰克边说,边高兴地抚摸着欧文的耳朵。就像是他自己赢了这场比赛。欧文看起来一点也不紧张,还嗅了嗅弗兰克的手。哈,他们连表情都很像。丽莎贝斯心里暗笑。

"他从哪里来的?"弗兰克语气里没有指责的意思。

"北卡罗来纳州。"她小心翼翼地回答,声音小得几乎听不见。

弗兰克盯着这只米格鲁看了好一会儿,欧文也回望着他。

"在他跳上沙发的时候,里维拉把第一个投手三振出局了。然后等他再看电视的时候,里维拉又把第二个投手三振出局了。那时,我都以为没戏了呢。"弗兰克解释说。

欧文打了个哈欠,在弗兰克身边蜷成一团,闭上了眼睛。

"他叫什么?"他又问道。

"基特,我把他叫作基特。"丽莎贝斯回答。

弗兰克先是微笑,然后大笑起来,还抓了抓基特的耳朵。

"基特,好名字。刮刀!胜利者!"他很满意地说。

基特睁开眼睛,看着弗兰克,甩着尾巴敲打着沙发。

"以后只要我们打出本垒打或者赢了比赛,我就给你弄些饼干。"他对基特说。

听到"饼干"两个字,基特兴奋地抬起了头。

弗兰克摸摸基特耳朵后的脑袋,说:"我们以后一起看球。"

他把自己头上那顶旧洋基帽取下来,戴在基特的头上。基特舔着帽子的边沿,两只耳朵从帽子下面露了出来,样子很是滑稽。弗兰克对丽莎贝斯笑了笑。

"这条狗不错。"

是你让他安静
下来了

跳舞的狗狗

帕特里夏真心希望自己没开这辆银色的英菲尼迪来，虽然这车子的音响系统不错，开起来也很顺当，但是她真的后悔开它来了。当她看到醋栗农场那斑斑驳驳的路牌时，沿着脏兮兮的长长的车道往前开，经过用木头和铁丝绑起来的、左摇右晃的长栅栏时，还看到附近一大群悠闲自在地吃草的羊时，她真的很后悔。当她把车开到农场里一大片农舍后的停车场，看到这里长满杂草的时候，她十分懊悔，自己先前怎么就没向姐姐借她那辆老旧的本田思迪。在这片杂草丛生的停车场里，她看到了一辆破旧的福特漫游者，两三辆丰田塔库玛，两辆吉普，两辆大型雪佛兰越野车。这种车是带狗狗选秀、参加狗狗比赛以及那些狗狗救援人员首选的车型。这种大型越野车一次可以装四五个笼子，还能放一个装满火鸡颈、特殊狗食、热狗、肉球、动物肝脏等其他狗狗在训练时喜吃吃的东西的车载冰箱，更别说什么球啊，绳子啊，还有狗床了。这种车大部分都有遮阳篷，还有户外椅、便携式栅栏。她猜得没错，这里只有她的一辆英菲尼迪车，没有宝马、奔驰，也没有卡迪拉克。

帕特里夏以前是个儿科医生，但是在很多年前就已经不做了。现在，她的地盘通常是孩子踢足球或打曲棍球比赛的赛场边，后院的烤肉架旁，学校演出的观众席上，有巨大泳池的游泳俱乐部里，豪宅里的月读书会上。她偶尔还会出现在城里的法式或意式餐厅里，而农场这种地方几乎不可能出现在她的行程里。

最近她带自己的伯德牧羊犬戴夫去上课，学习如何让狗听话，并训练他的敏捷性。在那儿，她认识了唐娜，并听说了醋栗农场。唐娜曾想带自家的澳大利亚牧羊犬沙斯塔———一个麻烦的家伙到这个农场来上课。唐纳告诉帕特里夏，就在她勉勉强强快要把车开到农舍的时候，农场的主人弗兰·甘吉开着她的全地形车从田野的一头冲过来，开始破口大骂，骂她把狗养成了没用的花瓶，还连带着骂了那些开沃尔沃或宝马等豪车的主人。

唐娜一听，气得立马调转自己的奔驰车回家了。"那女人疯了，十分粗鲁。"唐娜对帕特里夏说。

如果帕特里夏不那么喜欢戴夫的话，她就不会自找麻烦，大老远地开车赶到醋栗农场来，坐在车里焦急地等着那个奇怪的女人允许她把车停在这儿。帕特里夏觉得，她的钱和车子都是自己努力工作赚来的，在这点上她并不觉得自己有什么错。

帕特里夏嫁给丈夫保罗25年了，他们都记不清两人吵过多少回了。但是自从戴夫到他们家后，他们就一直在吵，没完没了地吵。她知道这不仅仅是狗的问题。

戴夫是帕特里夏从北马萨诸塞伯德牧羊犬救援组织那儿领养的，他已经跟他们一起生活了两个月。救援人员在发现戴夫的时候，他被捆在伍斯特西20里外的一个旧谷仓里，筋疲力尽，瘦得皮包骨，而且一只眼睛也瞎掉了。农场主人因此被罚了款，而救援人员就把戴夫带走了。

女儿们还小的时候，帕特里夏和丈夫曾经给她们买过一只黄金猎犬，名叫霍尼。当然，戴夫跟霍尼完全不一样。霍尼整天追着球跑，按时吃饭、睡觉，根本不会给他们带来任何麻烦。虽然霍尼不是他们养过的最聪明的动物，但是女儿们喜欢她。她在她们童年的记忆里占据了不可或缺的一部分。霍尼死的时候，他们都很伤心，就像是家里最小的孩子也离开家去上大学似的，家里空荡荡的。帕特里夏一想到霍尼，就会想到孩子们，觉得她是孩子们的狗。但是戴夫是她的狗，是属于她一个人的。

保罗到现在还不能理解，为什么帕特里夏要把一只发疯的伯德牧羊犬带回家？因为戴夫根本不像一只狗，更像头野兽。很显然，他不属于麻省郊区，不适合无所事事地住在这里。让这只狗待在这里，这对他不公平，对帕特里夏他们也不公平，保罗这么跟帕特里夏说。他还坚持认为，总有一天戴夫会伤到什么东西，或者会伤着某个人。

从他们家到醋栗农场有 25 里路，这一路上，帕特里夏都在思考保罗的话。

戴夫没有一点到外面大小便的概念，总是在家随处便溺。他会到处乱窜，跳上桌子、料理台、沙发。他对于塞进门缝的邮件，或者风中飘荡的窗帘，十分地着迷。当他听到柴油发动机或超低空盘旋的飞机的声音时，他会大声嗥叫。他会不停地追逐透过玻璃射进来的，或者玻璃和门把反射出来的光。他会从窗户跳出去，把房子弄得乱七八糟，啃桌腿、餐具垫、公文包、鞋子、电脑线。他在篱笆下挖洞，或从篱笆的小缝中挤出去。他会驱赶任何移动的东西，包括卡车、警车，甚至小孩。

只要听到警报器的声音，他总会撕开纱窗或纱门跑出去追，想要把人们的注意力吸引到屋子这边来。好几次，他都差点引起车祸，还吓坏过很多小孩。邻居们为了保护自家的花园、草坪、孩子或者猫咪，威胁过他们好多次，说要告他们。尽管最后都没有真正告他们。

前几天，戴夫又闯祸了，这让帕特里夏下定决心来醋栗农场寻求帮助。那天，戴夫又从客厅的玻璃窗跳到了草坪上，并且追逐一名带着喜乐蒂狗慢跑的邻居。戴夫绕着他们打圈，咬他们。在帕特里夏发现不对劲，跑出屋子去抓住他的时候，他已经把邻居和狗都逼到了前面的草坪上。而在那个时候，邻居试图把戴夫推开，戴夫却一口咬住了他的手。而那天晚上，他又十分诡异地咬了保罗的脚踝。一天内连伤两个人，其中一名伤者还是帕特里夏的丈夫，这在以前从来没有发生过。那位被咬的邻居说，以后他要是再看见戴夫，就报警把他抓走。保罗也说自己受

是你让他安静下来了

够了。

帕特里夏当然不能说什么,但是她又不能什么都不做,就把这只狗送走。所有人(除了唐娜)都说,弗兰·甘吉应该是对付这种发疯的牧羊犬最后的希望了,调教受伤好斗的伯德牧羊犬是她的长项。全国各地的人都会把难调教的狗送到她这里来,她十分神奇,能让狗彻底地改头换面,甚至能改掉他们最极端的行为。不过大家也知道,她痛恨大部分把狗带到她这儿来的人。

现在,戴夫坐在帕特里夏英菲尼迪车的后座里。他在看到羊之后,就发疯似地大叫着,发出"呜呜"声,想要从车窗跳出去。帕特里夏急忙把窗子关上。英菲尼迪的真皮座椅上都是他的口水和抓痕。

帕特里夏从没见戴夫这么兴奋过。她没有把他装到笼子里,因为他讨厌笼子,而她也不愿意把他关到笼子里去。

一路上,她本该把窗子关上的,但是戴夫喜欢把头探出去,而她也喜欢在后视镜里看他那张兴奋的脸。拒绝戴夫对帕特里夏来说真的很难,以前即便是跟自己的孩子相处时,她也没有这种感觉。

"戴夫,安静,别着急。"她对戴夫"嘘"了一声,让他安静下来。"你这样直接从窗子里跳下去,会给人留下不好的印象的。停下来。"

帕特里夏都不明白自己到底怎么想的,竟然跟一只从来都不听自己话的疯狗说话。除了听到帕特里夏说"飞盘"或"球"的时候,他会有反应,其他的话,他丝毫不理会。

她必须承认自己有些傻。作为一名医生,一位母亲,镇上校董会的成员,现在却大老远地开着车跑到这么偏僻的农村来。为什么?就为了让一只发狂的伯德牧羊犬见一些羊,通过放牧测试来获得上放牧课程的资格?

最奇怪的是,尽管发生了很多不如意的事,但是帕特里夏在救护站见

到这只狗的第一眼,就爱上了他。当时他从笼子里跑出来,直接跑到她的大腿上,望着她,似乎在恳求着说:"把我带走吧,求求你了。"

所以,她要为戴夫做些事。她不记得自己一生中求过多少人,现在她又在醋栗农场,要求主人帮帮戴夫。

"出来吧。"弗兰·甘吉在电话里说。她告诉帕特里夏,要养好伯德牧羊犬,就必须给他们找事情做。弗兰说:"有很多人养伯德牧羊犬,但是却不会养。因为他们只会把狗关在漂亮的房子里,让他们坐豪华的轿车。"弗兰的话听起来有些不妙。

"我带他去上过课,培养他的敏捷性。"帕特里夏告诉弗兰自己为戴夫做的事,表明自己对戴夫很认真。

"在课上,是不是要让他跳圈?"

"是的。"

"哦,如果他没有准备好的话,那会让他十分地狂躁。"

那天早上,戴夫在保罗的衣橱里撒了泡尿。保罗赶着穿衣服的时候,踩上了他的尿。当时他的时间非常紧,他要去上海出差,他必须要在接他去机场的车到来之前把一切都打点好。

"如果你找的人还不能把他教好,那么在我回家之前就要把他赶走。"保罗说,"我很抱歉,亲爱的。他不适合我们养。如果继续养下去的话,我们就会被起诉或者使某些人受伤,而我们的房子也会被他拆掉的。我们都要在这里生活,而你养的狗也必须让我们感觉舒服不是?"

帕特里夏承认保罗讲的是事实,而且也很公道,所以她没跟保罗争论。

帕特里夏看到了其他的人,他们也是来参加放牧测试的。那些人穿着运动鞋、牛仔裤、运动衫,带着腰包和长狗链。很明显,她不属于这里。

停车区另一头一直延伸到牧场200码的范围,是一块由围栏围起来的正方形区域。里面有六只羊,他们都紧张地盯着狗狗开始出现的大门处。

是你让他安静下来了

帕特里夏从背后拿出一根狗链，扣在戴夫的项圈上，他俯身冲下了车子，向羊的方向狂叫着，挣扎着拉着狗链，打着圈圈。

"这肯定就是戴夫了。"帕特里夏突然听到背后传来一个女人的声音。

她回过头，看见后面站着一个高个子女人，戴着澳大利亚式阔边帽，长长的棕色头发从帽檐下露出来。她穿着一件几乎垂到脚踝的外套，脚上套着笨重的靴子，身材消瘦。她手上拿着一根长长的木质手杖，手杖顶端安着一只用象牙雕刻的羊头。帕特里克从来没有见过类似的东西。

"我是弗兰·甘吉。"她说着，伸出手来，"你是？"

"帕特里夏·华盛顿。"帕特里夏说，"我们通过电话。"

帕特里夏暗想："既然她能认出戴夫，很显然也知道是我。"她感觉自己被耍了。

弗兰点点头，看了一眼她的英菲尼迪车，然后看向戴夫。戴夫此时正专注地看着弗兰，盯着她大衣下皮带上挂着的油腻腻的小包。

"听说你不喜欢豪华车。"帕特里夏有点无礼地说。不过，脸上带着笑容。她骨子里不喜欢奉承别人，但是此时她又不知道说些什么。

"不能人家说什么，你就信什么。"弗兰说着，似乎挺喜欢帕特里夏的坦率。帕特里夏觉得弗兰根本就不在乎别人怎么想她，她很赞赏这一点。

弗兰站在戴夫面前，弯下腰仔细地看了看他。他低吼着，打着圈，对着那些羊喷气。弗兰把手伸向袋子，从里面拿了些油腻刺鼻的东西，气味很难闻。

"肉丸子和羊羔血。"弗兰解释说。

帕特里夏感到很恶心。"他不喜欢吃零食，我全都试过了。"她说。

弗兰在帕特里夏四周随意走了走，拿着肉丸一样的东西，等待着。戴夫转过身来，走向弗兰，往食物扑过去。弗兰把手举高，他够不着，就在原地打着圈，吼叫着，然后再扑。

"戴夫!"帕特里夏责备道,"不乖哦!"

弗兰举起手,不是示意戴夫,而是让帕特里夏安静下来。

"请安静。他要沟通和支持,不要叫。"

这还是帕特里夏成年以来,第一次有人让她安静下来。她张了张嘴,然后又闭上了。

戴夫继续吼叫,不停地上蹿下跳。其他狗主人全都转过头来看向这边,帕特里克感觉自己头上顶着一盏闪烁不停的蓝灯,让她显得与周围的人格格不入。那些围观者中大部分都是女人。他们似乎都知道她们要干什么,而他们的狗也知道。这些主人们手上拿着表格,他们穿着沾着泥巴的靴子,套着防风衣,腰包里放着奖励狗的零食,旅行杯里装着热气腾腾的咖啡。他们背上还别了号码,塑料袋里也装满了奖励的狗食。

虽然只过了几分钟,但是帕特里夏感觉似乎过了几个小时之久,戴夫终于安静地坐下了,眼睛还是一直盯着弗兰的手。她把手放低,戴夫就跳起来,但是她又把手高举过头顶。

"戴夫!"帕特里夏忍不住又开始教训戴夫。

"嘘……"弗兰示意她保持安静。

这时来了更多的车子,更多的人从车子里走出来围观。帕特里夏脸羞得通红。她能感觉到,其他人都在看着她,看着她锃亮的新靴子和花哨的豪车。

这时,戴夫似乎明白了一些道理:他跳来跳去,并不能得到那些散发诱人香气的食物。

戴夫开始安静地坐在那里,眼睛一眨不眨地盯着弗兰和她手上的食物。弗兰慢慢地一英寸一英寸地把手伸向戴夫。如果戴夫稍微动一下,她就会立马把手举高。

直到弗兰觉得戴夫静坐的时间足够了,她才把手伸向他的鼻子,把食物给他。她这样又做了几次。在第四次的时候,戴夫就已经能安静地待在那儿，等着弗兰给他食物了。帕特里夏从来没见过戴夫能变得这么安静。

"我从来没让他变得这么听话过。"帕特里夏佩服地说。

"看得出来。"弗兰毫不客气地说。

"但是，他现在做到了。"

弗兰点点头，一边拉上她油腻腻的腰包，一边说："一定不要让狗轻轻松松地就能得到某样东西。一定不要。"

周围带着自己的伯德牧羊犬、澳大利亚牧羊犬、喜乐蒂牧羊犬、德国牧羊犬、罗特韦尔犬、混种犬等围观的那些女人，都在认同地窃窃私语。

弗兰问帕特里夏，知不知道什么叫放牧本能测试。帕特里夏老老实实地承认自己不太懂。

"这主要测试狗狗对羊群的兴趣，对做牧羊工作的兴趣。如果一条伯德牧羊犬能牧羊，我就能帮助你。因为伯德牧羊犬会竭尽所能完成工作，一旦你知道他们想这么做，那你就能开始跟他们交流。其实你要做的就是让他们安静下来，注意听你的指示。"

弗兰给帕特里夏一张表让她填写。

"我们想要狗狗对羊的关注能保持三分钟。我们要看你是否能控制他，让他拿眼睛看着你……"弗兰说着，又回头去看戴夫。"似乎他只有一只眼睛是好的，是吧？"

帕特里夏感觉弗兰太神奇了，她自己有时候都不记得戴夫哪只眼睛瞎了。

"我们来看他面对羊群是不耐烦、到处乱跑、驱赶他们，还是只是攻击他们，然后再决定怎么办。"

弗兰递给帕特里夏一支笔，告诉她仔细阅读表格，开一张125美元的支票，然后去排队。"我们这儿可以刷卡。"弗兰笑着说。在放牧本能测试场旁边有一台刷卡机。

弗兰继续说:"每位带狗来的人都认为他们的狗是牧羊犬。不过,对的人不多。"

她看看帕特里夏,然后又看看她的英菲尼迪。

"其实,我并不在意别人开什么车子。这又不关我的事。这么多年来,我发现有些人不喜欢走在泥泞的道路上,讨厌踩到羊粪,不愿意经常带着狗在阳光下、在雨天与狗一起玩耍,忍受不了狗狗身上的苍蝇和虱子。但是有些人却愿意这么干。不过我不知道哪些人愿意,哪些不愿意。一般来说,那些开着像宝马这样好车的人,不愿意这么做,所以我不想浪费大家的时间,给狗狗一丝希望。我怎么做,我喜欢什么样的人,别人都管不着。在照顾狗狗时,大部分人都显得很自私、很懒惰。他们想要自己的狗狗变成可爱的小宝宝,但是当你看到他们把狗狗养得乱七八糟时,怎么可能会喜欢他们?一条像这样漂亮的狗变得这么不听话,这都是养他的人的错。"

说完,弗兰转身往牧场走去。

一个女人走到帕特里夏面前来收支票和表格,并自我介绍说她叫杰西。杰西说她是弗兰的助理,目的是为了能上免费的放牧课程。她还说她的"女儿"塔拉正在她的车里。帕特里夏愣了一下,才反应过来杰西在说她自己的狗。她和塔拉来弗兰这上放牧课程已经有两年时间了。

杰西仔细检查了帕特里夏的表格。

"我们很多人都跟弗兰有交换协议,因为我们都付不起学费。弗兰从来没有因为我们没钱,就不帮助我们。我们有些人帮她打扫房子、赶羊群、拉干草、训练狗狗、照看农场等,但是我们也需要能付得起学费的人,维持收支平衡嘛。"

嗯,你说得真够直白,帕特里夏心想。

杰西告诉帕特里夏,她和戴夫会得到一个号码——23号。杰西会将号

是你让他安静下来了

码别在帕特里夏的背上，而戴夫的号码会用松紧带绑在他的背上，以便弗兰能看清楚。轮到帕特里夏和戴夫的时候，弗兰会让他们绕着围栏走两三圈，观察戴夫绕着羊群会怎么做。然后弗兰让帕特里夏和戴夫一同离开测试场地，或者解开狗链，看他会干什么。

杰西说，你一定要保持安静，不要凶狗，这十分重要。因为凶他会让他更疑惑、更兴奋。你要做的就是松开狗，绕着围栏走。偶尔弗兰让你停下的时候，你就停下，观察狗狗见你停下会有什么反应。弗兰还会让你转两三次身，观察狗狗是跑走还是注意到你的转身。

帕特里夏听完，有一种不祥的感觉。她从来没有成功地让戴夫在家坐下，或者让他不要从窗户跳出去过。在这样露天的牧场，面对羊群，他会干什么，帕特里夏心里还真没有底。

帕特里夏走进队伍。在前面，她看到一只澳大利亚牧羊犬在沿着小畜栏走，那些羊则步步倒退，弓着背挤到了一块。这条狗叫着，原地转了几圈，又叫了起来。几分钟之后，站在测试场一角桌子后面的弗兰，大喊着让狗主人把狗放开。她按指示做了，这狗绕着围栏足足走了五分钟。

帕特里夏注意到那只狗的专注度，对羊产生的强烈兴趣，以及他的冷静，这些都是戴夫所没有的。当主人叫他时，他就躺下，等着主人走过来，把狗链再系到他脖子上。戴夫从来不会像那只澳大利亚牧羊犬那样听她的话。很明显，帕特里夏远远落后于其他学员。

跟着上场的是一只混血德国牧羊犬。他一下子挣脱主人手中的狗链，跳过栅栏，咬住了一头母羊的腿，拖着它满场跑。母羊惊恐地发出痛苦的哀鸣声，场边的人都呆住了。

狗主人大声地对狗喊叫，让他放开那头羊。其他在排队等待的人也在叫着，其他的狗也开始嚎叫，而那些羊则显得十分惊恐。

弗兰·甘吉从椅子上站起来，撑着栏杆跳进围栏，用牧羊杖勾住狗的项圈，把他拖离了母羊。那头羊虽然在流血，但是伤得并不重。

跳舞的狗狗

队伍已经散了形,大家都围到栏杆边看发生了什么事。杰西让大家回去排好队。

那条狗的主人大叫:"天哪!宙斯,坏狗!坏狗!"帕特里夏觉得这女人是看到了那头休克的羊和狗嘴巴里残留的羊毛,所以才变得这么歇斯底里。弗兰把狗拴在门上,然后转过身,怒视着这个尖叫的女人,说:"你能安静下来吗?"

帕特里夏以为弗兰会把这只狗和他的主人赶出测试场,但是她没有。一个在农场工作的女人递给弗兰一管药,她偏了偏母羊的头,按住她,在她的腿上涂了些抗生素软膏。

弗兰如此镇静,这让帕特里夏很是震惊。人们渐渐回到队伍里。那狗也似乎安静了下来,受伤的母羊站起来,跳着回到了羊群中,和其他羊一起吃弗兰的帮手们扔给他们的干草。

弗兰说:"就一些咬伤而已,不用担心,她很快就会好的。苏西,记下那头母羊的编号了吗?165号。我们回头再给她做个检查,让她尽早从围栏里出来。"

弗兰让宙斯的主人到围栏那边去,站在她身旁。然后她走向宙斯,扔给他一块食物,宙斯刚开始并没有吃。

"他还在做准备。"弗兰说着,又扔了一块给他,接着又扔一块。最后,宙斯终于开始吃了。他看起来很安静,不再注意羊群。几分钟后,弗兰弯下腰,帮他解开系在门上的绳子。宙斯看看羊群,又看看弗兰。她向后退了几步,拿出一块食物,然后对宙斯说:"这里。"他走向弗兰,在离羊群几英尺的地方躺下了。她让宙斯在那儿躺了几分钟,把一些食物扔在地上。宙斯吃了这些食物,根本就没再怎么注意那些羊。

"可以看出来他不是伯德牧羊犬。"弗兰平静地说。"伯德牧羊犬是不吃这些食物的,真有意思。"

她告诉狗主人给宙斯拴上狗链,把他带出围栏。她又说:"他通过了。

很显然他对羊很感兴趣，但是我们头一个工作是要让他安静下来。我会把他记下来，再给他做一次测试，等会儿再找我。"

这跟帕特里夏上的狗狗驯养课完全不同。

弗兰转头面向在排队的人们，解释说：

"这条狗什么也没做错。他只是做了所有狗都会做的事情。主人控制不了他，所以当他看到羊变得十分兴奋的时候，主人下的命令，他一点都不听。我不知道你们有没有人注意到，这条狗不知道自己真正的名字是什么。他觉得他的名字是'宙斯，坏狗'，'宙斯，来这里！'他在依着本性对待羊群的时候，听到的只是主人的责骂。"

风呼呼地刮过空旷的农场。帕特里夏环顾四周，发现眼前的景象太诡异了。在这小小的一块用围栏围起来的地方，最左端有一大群羊，大约200只，他们都在安静地吃草。而在她站的这一端，则是由主人们带着的一队狗，大约50只，都在等待着接受测试。帕特里夏希望这时候不要有人跟她说话，因为她不知道该说什么，至少不知道怎么说自己现在在干什么。

即使在她这个外行看来，接下来的五六条狗都不是牧羊犬，因为他们在场子里到处乱跑，一点也不在乎羊群，神经病似地乱叫乱吼，根本不听主人的话。毫无疑问，弗兰不会让他们通过测试，她的戴夫应该也是这样。

最后，终于轮到帕特里夏了。

戴夫的眼睛死死地盯着羊群。当帕特里夏带着他绕着围栏走的时候，他在她身边安静地走着，眼睛却一直盯着羊群，看起来像是被催眠了一样。弗兰要她走到一半的时候，停住转身。她让帕特里夏来回走了五六次。

周围都是一群群苍蝇，还有蚊子，空气里都是刺鼻的羊粪的臭味。阳光很强烈，晒得帕特里夏脸上和脖子上火辣辣的。狗叫的声音不停地刺激着她的神经，她觉得快要疯掉了。

几分钟以后，弗兰让帕特里夏为戴夫松开狗链。她松开链子后，戴夫

跳舞的狗狗

闪电般冲了出去,围着围栏不停地打转,从她身边跑过也不停下来。每次她叫他的时候,他都不听。她准备跑过去,抓住他,让他停下来,但是弗兰让她不要动。她就在那一直不停地喊:"戴夫!戴夫!马上趴下!"她就知道自己控制不了他。不一会儿,戴夫扑向一只母羊,一口咬到了她的鼻子。

弗兰走到栏杆前,站在那儿观察着,做着记录,填写评估表。帕特里夏偷偷地从她背后看她都写了些什么,但是没有看清。

最后,弗兰走进围栏,走到戴夫面前,往地上丢了些食物。他跑过它们,然后停了下来,用鼻子嗅着空气。弗兰倾身向前,抓起狗链,把他交还给帕特里夏。即使就在戴夫吃东西的时候,他也没有把眼睛从羊身上挪开。

"我知道这很糟糕。"帕特里夏说,"但是我想学。"

弗兰在她的表上快速地写着。"你是该学学了,因为你没通过。"

弗兰从写字板下拿出另一张表格,示意让下一条狗接受测试,然后她回过头,看着帕特里夏,说:

"他只是一只伯德牧羊犬。问题不在他,在于你。你有一只很棒的狗。但是他需要一个更好的主人,这个主人要愿意花时间陪他、了解他。我不知道你是不是这个人选。"

这样被人教训,帕特里夏心里很不舒服、很恼火。她都等不及要回到车里,离开这个该死的地方。她真想走过去,一把抓住弗兰·甘吉的脖子,把她揍成破布娃娃。她不想待在这个奇怪、混乱的地方,她想回家,回到她那豪华的郊区别墅去。

"如果某天你真的想在狗身上花时间了,到这里来,我们会告诉你怎么做。而且,如果你愿意的话,也可以在农场里走一圈。如果不想的话,你可以走了。这样更省钱。"

被她这么一讲,帕特里夏觉得自己的面子都丢光了。她转过身,看到后面一长排的女人和她们的狗，还有别在她们衣服上的号码，觉得很是具有讽刺意味。她把戴夫带离羊群，来到一个装水的塑料盆前。戴夫直接趴在盆上面，咕噜噜喝了几大口水。她之前还没有感觉戴夫有多热、多累，她也从来没见过戴夫像今天这么安静。

戴夫转过身，抬头看向帕特里夏。

帕特里夏探身向前，亲了亲他的鼻子，说："好孩子！"

那边还有很多人在排队等着测试。帕特里夏带着戴夫，绕了很大一圈，才回到自己的车前。当她让戴夫上车的时候，他很不情愿，一直回头盯着那些羊。但是很快，她就开着车沿着长长的车道走了，留下一阵尘土。

在回家的路上，帕特里夏在商场停了下来，去书店买了三本书。又去了一家24小时营业的杂货铺。那天晚上，她在电脑前忙碌了好几个小时。

第二天凌晨五点的时候，她开始起床，带上自己的慢跑装备，牵上戴夫，驱车来到离家10里的一个州立公园。不出她所料，那里一片荒芜。她让戴夫下车，拿出一个大塑料袋，里面装满了特质的肉丸，肉丸里面包含磨碎的肝脏、牛肉和肉汁。昨天晚上为了烤这些东西，她一直熬到凌晨两点钟。她把八九个肉丸放在小塑料袋里，把它塞进腰包中。这是她原来慢跑时，用来装眼镜和手机的。

之后，她开始给戴夫做各项训练：趴下、停下、坐下、来，等等。她每次只发简单的词，而不是啰啰唆唆一堆。她训练和戴夫进行眼神交流，刚开始的时候把肉丸举到自己的眼睛处，让戴夫看着她的眼睛。

"戴夫，"她简洁地说，他会转头看向她。"坐下！"同时她会把手举起来。在那个本能测试中，她注意到，那些知道怎么训练狗的人和狗说的话远没有她对戴夫说得多。

帕特里夏让他在远处、树后面、车子的另一边、呼啸而过的卡车或大

巴旁边等地方趴下。

为了训练戴夫,她有时会弄得浑身湿透、浑身是泥,甚至冷得发抖。但是在日复一日的训练中,通过观察戴夫的反应,他的烦躁、他的困惑不解尽收眼底,她越来越了解戴夫。

她不停地提醒自己:记住,他只是一只动物,不是孩子。只要不将他当成小孩,他能像其他动物一样接受训练。保罗觉得帕特里夏疯掉了,抱怨说他们都没有一起吃过早餐了,说她走火入魔了。

但是帕特里夏只是笑了笑,保罗没办法,只好随她去。她用掉了五个油腻腻的腰包,然后买了个橡胶衬里的渔夫包。无论刮风下雨,无论寒暑,他们都坚持训练。

每天练习一百次"趴下"。

每天练习一百次"到我这来"。

每天练习一百次"停下"。

每天练习一百次"坐下"。

他们在商场里、马路边、消防站和学校前进行训练,还在狗狗运动场旁,把其他狗狗当作干扰或诱惑因素,对戴夫进行训练。

帕特里夏坚持着,没有落下一天。

在秋天的一个星期六,她开车带着戴夫回到了醋栗农场,交了钱,拿了号码,30号。轮到她的时候,弗兰·甘吉向她挥了挥手。

"你好,开英菲尼迪的。"弗兰说,"真没想到还会再看到你。松开狗链吧。"

戴夫绕着围栏打转。当他直接从帕特里夏旁边冲过时,她打招呼似地抬起手,然后放下手,中间没说一句话,戴夫趴下了。

帕特里夏听到后面的人在低声地交流着。"这条狗很不错。他知道怎么做呢。"

她让戴夫继续,他又绕着围栏转。然后她又示意他趴下,接着是停下。

弗兰让帕特里夏把狗带进围栏，跟羊群待在一起，她照做了。戴夫走向羊群，帕特里夏向前靠着栏杆，冷静地说："戴夫，趴下。"

他乖乖地趴下了。羊群慢慢地挪开与戴夫的距离。这次，羊没有感到惊慌。"离开"，她又说。戴夫听话地跑到了左边。她转头对弗兰说："我还没有让他学'从旁边走'。"弗兰点点头，继续在她的测验表上画着。

戴夫绕着羊群，趴下，咬了其中一只母羊，然后回来了。

弗兰让帕特里夏出来，说："他通过了，你也通过了，做得不错。等下想来喝杯咖啡吗？"

帕特里夏不明白自己听到这些话的时候，为什么会觉得很高兴，真的很高兴。她弯下腰，跪在地上抱着戴夫，亲着他。"好棒的狗狗。我爱你。"她说。这时，她觉得戴夫很帅气、很冷静、很威风，似乎他生来就是如此，一直以来都这么听她的话。

一小时后，帕特里夏穿过农舍的前门，走进醋栗农场这个奇特的世界。她从来没有到过类似的地方。大大的客厅里，摆着鼓囊囊的旧沙发、椅子，到处堆着装表格的硬纸箱，还有一袋袋的狗粮、狗链、靴子、雨具、手电筒、马具、球和狗狗的玩具。

墙上挂着几十个相框，里面都是狗的照片，许多比赛获得的绶带，敏捷比赛奖章，还有美国犬业俱乐部和其他放牧证书。

经过沙发时，其中一只狗对着她吼叫了一声。这时她才发现客厅里到处都是狗笼，里面大部分都有狗。弗兰的狗要不就在放牧，要不就被关在笼子里，这样好让他们集中注意力。帕特里夏知道，在这里他们可不是宠物。

她听到客厅后面传来说话的声音，那是一个大厨房。她走过去，看见弗兰坐在桌子的一端，面前摊着日志和评估表。桌子边上还坐着五六个女人，桌子上放着热气腾腾的咖啡杯，一片熏猪肉，一碟几乎烤焦了的松饼。

其中五个女人都把狗拴在自己坐的椅子边。这五条狗中，有两只澳洲牧羊犬，三只伯德牧羊犬。帕特里夏把戴夫留在了车子里。她坐下来，这些女人开始自我介绍。她知道让她们的狗接触羊的时间对她们来说十分宝贵，如果她们支付不起这些费用，就得拼命地拖干草或在农场干其他活儿来换取学习的时间。但是这些女人在弗兰的厨房里十分自在，感觉就像在自己家里一样。

其中一个女人，名叫丽莎。她说："我们一星期至少要来这一次。我们都知道怎么吃弗兰做的松饼，吃的时候一定要十分小心，不然就会着了她的道。"

其他女人都大笑起来，帕特里夏能感觉到她们相处得十分融洽，非常自在。虽然说不出什么原因，她竟然觉得自己也被这间厨房的氛围所感染。

她们聊天的话题总是围绕着狗，怎么邂逅其他的狗，训练狗时的成败经历，上网疯狂地买狗食，与狗咬东西或打架有关的趣事，怎么让狗听话，和狗待在一起时的那种甜蜜的感觉，在牧场放羊，他们参加的比赛，他们想要获得的绶带等。

帕特里夏很少插嘴，直到弗兰询问她的工作和生活，她才打开话匣子。她告诉她们自己几年前放弃了儿科医生的工作，因为责任保险很贵，每天要处理一堆的文书工作，和医疗保险公司之间的明争暗斗十分残酷，而且她想陪自己的女儿，开车接送她们上下学，了解她们的生活。说着说着，她竟然开始哽咽起来。她眨眨眼睛，收回了泪水，这可不是哭的地方。

当帕特里夏说自己是医生时，弗兰突然来劲了。她说，在比赛和本能测试中，他们需要医务人员。因为在比赛和本能测试中，总有人会被蜇伤、被狗咬、摔倒、扭伤脚、被刀或者篱笆划伤，从全地形车上摔下来，膝盖甚至会摔肿。帕特里夏或许可以在一些比赛中做医护人员，这样她能免费学习弗兰提供的课程。

帕特里夏想都没想，就立马同意了。事后，连她自己都感到十分惊讶，竟然这么快就应承了下来。她之前拒绝了很多人请她继续做医生的邀请。这次，她竟欣然接受了。不过，她没有感觉不舒服，而是觉得自己同意是很自然而然的事，她突然想加入这群人，用自己的医术为他们服务。

时间不早了，这些女人一个个站起来，牵着自己的狗，互相说了再见，离开了。帕特里夏发现自己还留在那里的时候，感觉很惊讶。其他人都走后，弗兰给她倒了一杯咖啡，然后躺在椅子里，把面前的文件推到一旁，一点点地喝着自己的咖啡。帕特里克看她这样，心想，她看起来很累，我应该要回家了。所以，她准备起身。

"说说你的狗吧。"弗兰开口。

帕特里夏又坐回椅子里。在这农舍里，她能听到狗在笼子里呜呜叫，哀鸣或者跑来跑去。

"你有多少条狗？"她问弗兰。

弗兰想了想说："大概12条。"然后坐直身子，又问道："你们有什么故事？每个来这里的人都有自己的故事，都有来这里的原因。丈夫的问题？"

帕特里夏脸红了，然后笑了。

弗兰说："我离过两次婚，其实他们都很好。但是，你想，谁愿意和我结婚，和12条狗生活在一起？很抱歉问你的隐私。你发现没有，来这里的男人很少，因为来这里的很多女人都离婚了。我不知道是不是狗的问题。"她大笑起来，帕特里夏也跟着笑了起来。保罗当然不想跟12条狗生活在一起，而且没有狗，他也能过日子。

"不是丈夫的原因，我来这儿是为了狗。这狗让我们受不了，保罗尤其受不了。"

弗兰点点头。"他们生来就是要干活的,如果不干活,他们就不知道怎么生活了。他们就会变得很疯狂,让周围的人也受不了。但是到了这里,他们就恢复了理智,因为他们找回了自我。"

帕特里夏有一种奇怪的感觉,自己似乎站在某个大门外面,而且正要走进那个门。她喜欢这里的女人,喜欢这里的人。他们跟她熟悉的人不一样,但是他们很真实、很实际、很有激情。她感到在这里,人们十分重视忠诚,他们很有爱心,而且很可靠。

"去把你的狗牵出来,让他去赶羊。"弗兰突然说。她从上面的吊厨里拿了一小瓶白兰地,带上她的狩猎帽和披肩。"你有时间吧?"

弗兰将一条长长的皮带仍给帕特里夏,这条带子可以系在肩膀上。弗兰说:"牧羊犬狗链,你可以把它给狗系上,你就不需要用手牵着他了。"

帕特里夏把它绕过自己的肩膀,围过腰,然后扣上,这条七英尺长的皮狗链就在她的一侧垂下来。弗兰打开其中一只笼子,她的一条老伯德牧羊犬山姆从里面跑了出来。接着,她递给帕特里夏一瓶灭虫水和一只手电。

她们一起从农舍中走出来,往牧场大门走去。帕特里夏在半路上停下来,把戴夫弄出车子,将狗链拴在他的项圈上。

大约100多头羊,看到这两条狗,都开始聚集在一起,然后慢慢挪开。弗兰打开门,她对山姆说:"停下!"山姆果然就停下,竖起耳朵,等着弗兰下一个指示。弗兰朝戴夫看过来,说:

"放开他。山姆在这儿做后援呢。他知道怎么办,相信他。要知道,狗和羊本能地都知道该怎么做。有时,我们只需要提醒狗,我们也是其中一部分。"

弗兰转向山姆,说:"到那边去。"山姆急匆匆地狂跑向羊群的左边。

帕特里夏弯下腰,拍拍戴夫,说:"好好表现。"然后松开皮链。戴夫抬头看了看她,一副难以置信的样子,然后跑开了。刚开始,羊群开始四散跑开,但是戴夫在他们后面紧跟着。弗兰对山姆喊着"过来",山姆就跑

是你让他安静下来了

到了羊群右边,这样羊群只好跑向弗兰和帕特里夏。他们冲出门,后面跟着戴夫和山姆,戴夫在一边,山姆在另一边。

弗兰说:"我们把他们围了起来,他们不能四散逃开,只能径直往前。"

两条伯德牧羊犬在羊群的两侧驱赶他们,逐渐加快速度,从农舍后面跑出来,沿着小路,穿过树林,来到远离农舍的一片没有被围起来的空旷的牧场。弗兰和帕特里夏跟在他们后面快速地走着。

弗兰打了声口哨,山姆立马趴下了,高高的青草几乎掩盖了他的身子。她看向帕特里夏。太阳慢慢下山,山峦和牧场笼罩在薄雾中。到处散发着粪肥和青草的气味。

弗兰对帕特里夏说:"我们的祖先就是这么做的。在人类历史上,人们牧羊的时候都会带着牧羊犬。可能爱斯基摩人除外。"

风吹过草地,发出沙沙的声音。空气中夹杂着一丝寒意。戴夫在羊群的一侧稳步地走着,紧紧地盯着这些羊。戴夫那稳重安静的样子,让帕特里夏着实吃了一惊。

"不是他自己安静下来的,是你让他安静下来了。"弗兰说,"狗就是一面镜子,他反映出来的是你。你训练了他,所以是你让他摆脱了所有我们带给他们的疯狂。人们不明白这一点,不是他们的行为很疯狂,是我们。"

接着,弗兰转头看向羊群。"他们开始要停下来了。"她说,"当羊群停下来的时候,知道牧羊的狗也会安静下来。狗和羊都想这样子,这是他们的本能。羊群在安静地吃草,狗则负责警戒。"山姆安静地趴着,看着羊群,他似乎在教戴夫怎么做。而戴夫则在慢慢地、威风凛凛地走着。

"让他趴下来。"

帕特里夏抬起头,大声喊:"戴夫,趴下!"声音比她想的大。戴夫放慢速度,转过头,看向她,似乎不相信自己听到的话。

"别紧张。"弗兰温柔地说:"让他相信你知道你在做什么,就是假装也行。"

跳舞的狗狗

帕特里夏抬起手，然后放下，说："趴下！"这次她很平静，甚至怀疑戴夫有没有听到。

尽管戴夫在一百码开外的地方，他还是趴在了地上。羊群慢慢地移动，然后低下头。他们分散开来，开始吃草。他们看起来似乎等这一刻等了很长时间。红红的太阳在羊群后面的山峦中落下，帕特里夏突然很想哭，因为她看到了自己见过的最美的景致。

她喊了声戴夫，他竟然一溜烟就跑过来了，这让她大吃一惊。他用鼻子碰着她的膝盖，然后转身，又跑向羊群。

她向弗兰看去，弗兰边看着羊群，边点头。

太棒了，也太奇怪了，帕特里夏几乎不敢相信这一切是真的。

这是我的世界，我终于找到它了。

三个老家伙

詹姆斯和基珀巡视这牧场顶部的山，对农场的界限和篱笆做日常的检查。这片牧场几乎荒废了，里面长满了杂草和矮树丛。假如把他们画下来，那肯定是一幅美妙的田园风景图：一位依然帅气、蓝眼睛、高个子、粗犷的老农，苍苍白发被风吹得蓬乱，旁边是热情果敢的伯德牧羊犬。他很矮，身上的毛呈黑白两色，虽然跑得很快，但是只有三条腿，所以保持不了平衡。

多年以来，詹姆斯和基珀一直坚持巡视农场以及农场上的羊和牛，无论刮风下雨，还是艳阳高照，每天两次，雷打不动。其实现在也没有什么好检查的，农场上只有十几头羊，养了很久，詹姆斯都舍不得把他们卖掉。

基珀对农场的每一寸土地都很熟悉，甚至风吹来一张纸，他都能找到它，闻它的气味，给它做上记号。在詹姆斯心里，这条勤奋的狗比任何土地巡查员都称职得多。

基珀提醒他有什么地方不对劲儿。他的耳朵向后竖起来，头几乎都要贴着地面了，整个身子安静地蹲伏着。他发出低低的嚎叫声，背上的毛一下子竖了起来。

詹姆斯扫过前面的树和灌木丛，他的眼神现在越来越差了。他从口袋里掏出眼镜，戴上，但是他什么也没看见。

他转过身看向基珀，跟着这只老狗，直接向一堆旧篱笆桩和带刺的铁丝走去，然后他看到了。

"停下，基珀。"詹姆斯说，"待在那里，小心点。"他向前走了一小步。

詹姆斯以前能一口气从山脚爬到山顶，气都不喘一下。但是现在可没有那么轻松了。一路上，他要休息两三次，基珀也会跟着他停下休息。詹姆斯站在那里的时候，基珀就坐在地上或者直接躺在地上。他不知道基珀是在讨好他，还是他也累了，毕竟他也 12 岁了。

詹姆斯喜欢小声地说："老家伙，两个老家伙。"

不过这一路还是十分的迷人。詹姆斯能闻到谷仓、干草、野花、空气、粪肥散发的各种气味，看到一掠而过的影子和泥土，听见呼呼的风声，看见天空中飘过的形状各异的云朵。阳光透过山谷，落到山谷的另一边。

詹姆斯本来可以和其他农民一样，去佛罗里达，或者搬到镇子上去，住进那又小又丑的错层房子。这种房子不像农场上的房子，都不需要维护。或者，他也可以去北卡罗来纳，或者花掉一辈子的积蓄，住进那种有辅助看护的地方，去集市或者看医生都得坐公共汽车。

但是他宁愿死在这儿，也不愿意去住那种丑陋的小房子，更不愿意依靠其他人。他退休后在那儿干什么呢？在那里，他似乎除了等死，什么都做不了。他经常听说有老农民卖掉自己的土地，住进拖车或者集体公寓，但是在那儿住几星期或者几个月就死了。人活着要有目标，要做一些有意义的事情。

而且，他还要考虑基珀呢。

他和基珀就好像是彼此的一部分：他们了解对方的想法，能作出正确的反应；他们在一起十分默契，互相配合，亲密无间。

不过，詹姆斯一直都希望能和海伦一起安享晚年。他从来没想过她会那么快地离开他，像一阵风一样，什么都没留下。海伦是一个典型的农妇，就像他是个典型的农夫一样。她打理家中的琐事，而他则负责外面的事物。他们俩人肩并肩，一起努力度过了几十年。

但是现在就剩下他和基珀了，如果基珀走了，可能他就得卖掉农场，搬到其他地方去了吧。他有时会想那一天会在什么时候到来。

每天早上当他和基珀走向篱笆的时候，他能听到过去在农场生活的动物的声音，不知道基珀有没有听到。农场上以前有母牛、公牛、奶牛、菜牛、

山羊和500头绵羊。还种了土豆、玉米、苜蓿和谷物。他曾经请过两个帮工，那时候农场很忙，他们三个人要花上一整天的时间赶这些动物，给他们喂水，照料他们，喂食，把水槽向上放好，运肥，开拖拉机，修篱笆，补谷仓。他们总是忙来忙去，但是时间总是不够。

现在，他和基珀只要花半个小时围着牧场走一圈，一天的工作就做好了。牧场上只能听到那几只羊孤独的叫声、风吹过的声音，以及远处高速路上疾驰而过的卡车声。

前面25码的地方，他看见基珀看到的东西，他吓呆了。这是只漂亮却很吓人的东西，一头大郊狼。这只狼被困在带刺的铁丝和木材堆里，这些铁丝和木材是詹姆斯堆放在那里的。这只狼和他以前看到过的骨瘦如柴的郊狼不同，他的体型庞大，皮毛厚重。他的眼睛很大，目光犀利、闪闪发光。现在他那双敏锐的灰色眼睛正冷冷地盯着詹姆斯。

詹姆斯知道这只狼曾经挣扎过，因为他看到了满地的血。不过他现在不再挣扎了，要么开始听天由命，要么已经筋疲力尽。但是他丝毫不害怕，也没有想跑的意愿。他没有露出尖牙，也没有嚎叫。

詹姆斯仔细看的时候，发现一小股血正从狼鼻子里流出。可以看出，他被困了很长的时间。詹姆斯心想，这头狼可能就是偷他羊的罪魁祸首。他看到过偷羊的狼留下的爪印，很大。

从狼的眼睛和白色的鼻口可以判断，这是一只老狼。他表现得十分平静，十分威严。詹姆斯看过很多动物在这种情况下都会惊慌失措，但是这只狼却很镇静，似乎准备好了面对一切。

詹姆斯不想让他就这么死在铁丝上。他也不能放他走掉，或让他逃走，因为他会继续祸害他的羊或其他农场的动物。他们的行规很清楚。

"基珀，我们回去，去拿步枪。"

如果出现什么意外或者这只狼从铁丝里挣脱出来，基珀根本不是他的对手。伯德牧羊犬能牧羊，但是不好斗。虽然基珀只有三条腿，但他跑步的速度可不慢。他一生都在牧羊，甚至就在他误把彼得·埃尔默从山上开下来的拖拉机当成一头羊，努力把它赶到牧场的那天，他也是在工作。那是他第一次在工作中出现错误，为此他失去了一条腿。他的腿卡在了割草机的刀片上。基珀受伤之后，有一段时间不能保持平衡，羊群们在那时遇到了一些麻烦。不过，基珀恢复得很快，仍然比农场上还留着的那十几只突尼斯绵羊要机敏，速度要快。但是詹姆斯也亲眼看见过基珀有无数次命悬一线的时候：他被驴和母牛踢过，被带刺的铁丝缠过，被公羊和绵羊顶过。不用怀疑，如果这只狼跟着詹姆斯或者威胁到农场或者羊的时候，他会和狼拼死搏斗。

詹姆斯厉声叫唤着基珀，抬脚往农舍方向走。基珀不停地转过头看向那只狼，然后不情愿地跟着下了山。他一直跟在詹姆斯背后，提防着那只狼。

在他的农场没落之前，詹姆斯就丢了很多羊，都是被郊狼给叼走的。他一直在想办法解决这个问题，但是却没有好的办法。

他可以装上带电的铁丝网，但是这很贵。而詹姆斯的农场已经不赚钱了。破旧的农舍，屋顶和管道急需整修，大谷仓也快要塌掉了。

早上从农舍中出来，如果看到谷仓外有羊的尸体，内脏都被掏空了，詹姆斯都会很气恼。以前，他会在夜里抱着把步枪，带着个大手电筒，坐在羊圈外面杀几头郊狼。基珀也可能会听到他们，然后把他们赶跑。但是现在基珀和詹姆斯一样，听力也退化了，跑得也没有以前快了，而且詹姆斯也不想让他再去冒险。他最不想看到的就是某天早上，在半山腰看到基珀的尸体。

詹姆斯想告诉海伦，那头郊狼被铁丝缠住了。海伦过世快三年了，但是他还是盼望着能看到她站在厨房里忙来忙去的身影。在他和基珀出去走一圈后，为他准备好热咖啡和面包。

他知道海伦肯定会同情这只郊狼，她很不喜欢狩猎。她会说："他其实跟你一样，都在做自己要做的事。"他知道海伦肯定不同意他一枪把狼打死，

枪让她神经紧张。

但是他是一个农夫，如果农场有什么危险，当然首先考虑农场。

詹姆斯走进厨房，基珀跟在后面。他看到了海伦的围裙，仍然挂在墙上。他舍不得把它拿下来。基珀跳上沙发，看着窗外，朝向郊狼待的牧场看去。

詹姆斯摸了摸海伦的围裙，回忆着与海伦在一起最后的日子，还有她抓着他的胳膊，说的最后的话。"卢克。"她在叫着他们死去的儿子，他们的儿子在一次战争中为国家献出了生命，而詹姆斯根本不明白他们为什么要打这场战争。"卢克。"

詹姆斯一直认为海伦从来没有原谅自己对卢克的所作所为。詹姆斯和儿子的关系从来说不上好。卢克一直都很憎恨这个农场，似乎农场剥夺了他什么东西。他从来不想在农场生活，想尽快摆脱这片农场。而海伦总是说，詹姆斯给儿子的耐心还没有给动物的多。

卢克十几岁的时候很叛逆，酗酒、打架，在学校惹是生非。他在当地的百货商店偷东西被抓起来后，詹姆斯告诉他要把他送到部队里去，因为他觉得这对卢克好。在詹姆斯年轻的时候，人们都觉得部队能塑造人，但是，他忘记了，世界是会改变的。等他明白过来的时候，已经太晚了，卢克在越南的一次直升机坠落事故中丧生。从此以后，海伦就变了。每当她说起那些把孩子送去战场送死的父亲时，他总觉得她是在说他。

在卢克的葬礼后，詹姆斯就没跟任何人说起过卢克，连海伦都没有。每年，他们都会去墓地看卢克，海伦在哭的时候，詹姆斯都会紧紧地握着她的手。

之后，他们发现海伦的乳房有肿块。半年之后，她就去世了。

基珀就成了他唯一的伙伴。在他看来，基珀是世界上唯一没有让他失望的生物，他会一直陪伴他。

詹姆斯甩了甩头，想把那些忧愁甩到脑后，他还有事情要做呢。他走到后厨，拿出他那支旧的 .30-06，那是他用来打鹿的枪。只要一枪打在他的脑袋上，那只老畜生就不会再伤害任何人的羊了。虽然他得承认，那是头漂亮的狼。他让基珀待在屋子里，但是狗呜呜地哀鸣着，要冲向大门，不过詹姆斯把门关上了。

詹姆斯检查了下子弹，往枪里塞了一颗，拉了拉后膛，检查枪是否安全。他打算尽量走近些，一枪打进那头郊狼两眼之间的位置，就像他以前射杀得狂犬病的浣熊，被车子撞伤的鹿，以及生病的流浪狗那样。在这里的农场，农夫们都这么干。

詹姆斯的腿开始发颤，他开始出汗，身上的皮衬衫都湿了一大片。早上已经开始慢慢转凉，不过现在阳光很强烈。基珀被关在屋子里，他感到十分的愤怒，大声地叫着表示抗议。

詹姆斯打开牧场的门，往山上走去，郊狼在一公里外的缓坡上。他小心翼翼地拿着枪，枪口对着地面，不过他把枪的保险打开了。他要做好射击的准备，希望能把郊狼一枪毙命。他好多年都没有用过这把枪了，手有点儿抖。

在山顶上，一片松树后面，就是把郊狼困住的那堆铁丝和篱笆桩。詹姆斯转过弯，发现郊狼离他的距离竟然比自己想象的近得多，大概只有五英尺远，这让他大吃一惊。不知道为什么，他以为郊狼远在林子里。

郊狼转过头看着詹姆斯，眼神十分镇定，然后他又转头往山下看去。詹姆斯心里一惊，老天，他真是一个王者。尤其是走近看时，他的眼神太犀利了。

即使没有听到狗叫声，詹姆斯也知道这头郊狼在看什么。基珀正疯狂地往山上跑，低着头，耳朵向后竖起。詹姆斯在走之前没有检查家里的窗户，可能有一扇是开着的。如果是这样的话，也难怪这条死狗会用一些工具，旋下后门的脚链跑出来。

基珀一路狂跑到詹姆斯身后站住时，冷冷地盯着郊狼。詹姆斯骂了句

"蠢狗"。

基珀站在詹姆斯和郊狼之间，然后趴了下来。郊狼也回望着基珀，詹姆斯再次惊讶地发现，这个畜生太冷酷、太威严了，他似乎在等待着、期盼着这个时刻的到来，对于遇上老农夫和他的老狗一点儿也不感到惊讶。而让詹姆斯更惊讶的是，基珀出奇地平静，没有焦躁不安，没有大声狂吠，也没有嚎叫。

这三个老家伙互相对望着。

郊狼抬起头，詹姆斯看到他脖子上凝了很多的血。弄成这样，这头狼肯定挣扎了很长时间，遭了不少罪。詹姆斯脑海里浮现出耶稣被钉在十字架上那恐怖的画面。

詹姆斯从来没见过基珀这么安静。他摆出这样的姿势，似乎在对郊狼说："只要你离他远点，我就不动你。但是我不会离开他，你要想动他，先过我这关。"

郊狼侧躺着，腿被困在铁丝上，他的背和身体一侧靠在灌木丛和篱笆桩上，胃部缓慢地上下起伏。他把头靠在一根裂开的篱笆桩的顶端，但是眼睛一直死死地盯着詹姆斯。

詹姆斯举起步枪，大风呜呜地吹过山丘，卷起他们仨之间的落叶。詹姆斯举起枪，枪身在他的右臂下方。他用肩膀顶着枪托，向前跨了一步。他瞄准郊狼的额头，这么近，肯定能打中。

但是他停住了。

他放下枪，看向山下那片他热爱的农场，那片他的父亲、祖父、曾祖父都热爱的农场。看着那几头在吃草的老羊（他们很快也会离开这个农村），那个破破烂烂的谷仓，墙面早就褪了色的农舍，坏掉的发动机，被拆得七零八落的旧卡车。

他又举起枪，瞄准郊狼。

"我们的生活到底发生了什么事？"他大声地对基珀说，"怎么会过得这么快，为什么我们都看不见它的消逝？我儿子和海伦都怎么了？就在昨天，我们三个还带着奶酪、三明治和鲜酿的苹果酒，在这儿野餐，在这儿高兴地吃吃喝喝。"

风又来了，詹姆斯听到基珀的呜呜声，他似乎有些焦躁。

詹姆斯发誓，他从枪的瞄准镜里看到那头巨大的、有着双黄灰色眼睛的漂亮家伙在流泪，泪水沿着他突起的灰色长鼻子的一边流下。他看见地上的影子，听见树叶和草叶在风中沙沙作响。他抬起头看向在天空中盘旋着的几只秃鹰，他们在等待着把这头受伤的郊狼撕碎。他们的鼻子很灵，能闻到很远处的血腥味。

詹姆斯感觉脸上有热泪流下，他抬起手臂，用旧法兰绒上衣的袖子抹干眼泪。

他扣动扳机，一群鸟被惊得从他头顶上飞过；下面的羊疯狂地跑向谷仓里的羊圈，基珀也在发抖。

詹姆斯听到枪声在山谷的树林中回响，想着有没有人抬头看向这边，过来看看到底发生了什么事。但是他知道，他们不会这么做。在这里听到枪响，是很稀松平常的事。

他放下枪，任务已经完成了。

后来，詹姆斯想，假如自己的手臂稍稍偏了点，或者自己手生的话，那他会往上打偏，会把旁边一棵枫树的树皮打下一大块。

郊狼没有一丝恐惧，他的眼睛仍然死死盯着詹姆斯，似乎在燃烧，然后渐渐模糊了。詹姆斯感觉有点儿头晕目眩，他听到有人在自己的耳边低声说："卢克，卢克。"

詹姆斯听到自己因抽噎而发出短促而低沉的哭泣声，听起来更像是动物在叫。卢克死的时候他没有掉一点眼泪，海伦死的时候他也没有哭，但是现在他却哭了，似乎有人在他心里挖了一口井，那悲伤的感觉就从井里

喷涌而出。他的哭声越来越大,那响亮尖锐的哭声在牧场上空回荡。

他扔下枪,基珀走在他的前面,他跟在后面。他感觉所有的恐惧和犹豫都消失了,他们一起走向郊狼躺着的地方。詹姆斯从口袋里掏出一把钳子,他一直带着这个工具,用它来修理篱笆。他用钳子把带刺的铁丝剪掉。

郊狼躺在那里,静静地喘气,看着詹姆斯用钳子一点点地把铁丝剪断。所有的铁丝剪断后,郊狼向后一滚,摔在了地上。

基珀低吼着,倾身向前。郊狼转过头,盯着基珀,在那一秒钟,詹姆斯紧张得觉得自己的心都要从嗓子眼儿跳出来了。

他准备去丢枪的地方找枪,但是他停住了。他一边一步步向后退,一边叫着基珀后退。基珀坐在离詹姆斯几尺远的地方,一动不动地等着,就是不退后。

过了一会儿,郊狼挣扎着站了起来,甩了甩头,似乎是想让自己清醒点。然后转过身,直勾勾地看着詹姆斯的眼睛。太诡异了,詹姆斯觉得背上的汗毛都竖起来了,打了个哆嗦。

然后郊狼走了。

那天晚上,詹姆斯做了一个长长的梦,梦到的都是这头郊狼。梦里,他看到他抬头望向天空,发出一声响亮的狼嚎,然后静静地趴在那里。他看到他的眼睛,在月光下依然燃烧着火焰。那熊熊燃烧的火焰,似乎要喷射出来,点燃周围的一切。

第二天早上,詹姆斯和基珀仍然去巡视牧场。接近牧场的时候,他们看到一群乌鸦和秃鹰在大门附近盘旋着。詹姆斯抓起一把铁锹,他和基珀沿着小道往上走了很远的路。天气很暖和,没有什么风。他们走到了那堆铁丝和篱笆桩外,一路上,詹姆斯感觉这铁锹越来越重。

他们看到一些鸟待在五英尺远的一棵松树下,再往前走一点就是茂密的树林。基珀和詹姆斯往那边走的时候,那些秃鹰全都飞走了,叽叽喳喳地似乎在指责他们误了自己的事情。在那棵松树下,蜷着那头郊狼的尸体。

詹姆斯抓起保温瓶，喝了一大口冰水，然后开始挖坑。中间他休息了两三次，他蓝色的工作衫都被汗湿透了。他的双手磨出了水泡，最后都磨破流血了，脚也被靴子磨出了血。他的膝盖和手肘痛得直发抖，但是他还是忍着疼痛，继续挖坑。坑周围的土渐渐地越堆越高。到中午时分，坑已经挖得很深，埋进去的话，其他动物不会把郊狼的尸体刨出来吃掉。

他在胸前画了个十字，默默地为郊狼作了祈祷，然后用铁锹柄把郊狼推进了坑中，接着往坑里填上土和苔藓，然后又找了些石头和大圆石放在土的上方。这头老郊狼值得尊敬。整个早上，基珀都陪在詹姆斯旁边。

"老家伙，安息吧！"詹姆斯说。

他和基珀并排走下山，直接走回农舍。詹姆斯给基珀喝了点水，自己倒了杯冰茶。

他扫了一眼海伦的照片，照片里，海伦坐在桌子旁边。他转头看向窗外，看了看山上那几头羊。然后又低头盯着基珀，基珀正全神贯注地盯着他看。可能是因为詹姆斯很少这么安静地坐着，基珀感觉很奇怪。

不管发生过什么事，不管接下来会发生什么事，基珀都已经准备好了，急着要出去工作。

詹姆斯对基珀说："基珀，我觉得我们不能继续这么生活了。"

而在他自己心里，他想着离开农场后，生活会变成什么样子。是不是一种跟现在完全不同的生活？会很有趣吗？会温暖而舒适么？对他和基珀来说会更轻松么？活动的空间会变小么？有没有其他的同伴跟他和基珀一起分享生命中剩下的时光？

阿盖尔社区大学的工作人员曾问他，愿不愿意给孩子们上没学分的选修课，教他们如何管理农田和干草。因为他的干草营养价值高，储存时间长，这在县里都是神话。他们会给他一点津贴，不多，就1000美元。

之前他一口回绝了，但是现在，他开始考虑自己是否喜欢这份工作。还有，县里的集市需要一名鉴定师，鉴定牛羊的优劣。他也可以干这份活，

跳舞的狗狗

好好利用自己知道的知识，把它们交给孩子们。

曾经也有人打电话给他，雇他在离家不远的有机绵羊奶奶酪农场作牧羊展示。基珀肯定也喜欢这份工作，还有其他的一些节庆和集市，可能也很有趣。他知道人们喜欢看一只三条腿的牧羊犬如何牧羊，但是詹姆斯以前都拒绝了，因为他太忙，没有时间做这些事。不过现在，他应该有时间了。

他没有受到什么蛊惑，但是他不能忘掉那头郊狼，总觉得他是冲自己而不是冲着他的羊来的。那狼盯着他看的眼神，还有他死掉的那种惨状，让詹姆斯动摇了，也让他萌生离开农场的心。

他回头看向海伦，想到找个伴的时候，心里对海伦有些愧疚。但是他知道海伦不会怪他，因为在她走的前几天，她说："詹姆斯，改改你暴躁的脾气，不要死的时候还是这个样子。快乐一点，你已经承受太多的苦难了。多想几个梦想，照顾好基珀。"想到这，詹姆斯感觉眼泪涌了出来。他拿出手帕，把眼泪擦干。

他又看向海伦的照片。"对不起，海伦。我真希望自己是个更好的丈夫，更好的父亲。但是，有时候就感觉我被这个农场、被生活给吞了。幸好，我还有些时间，好好过过日子。"基珀呜呜地叫着，走向詹姆斯。他看起来很疑惑，可能还有些着急，因为他从詹姆斯说话的语气里感觉出了什么。

"小基珀，看看你在无所事事的时候都发生了什么事？"詹姆斯问基珀，基珀歪着脑袋，好奇地看着他。

詹姆斯拿起电话簿，翻找了一会儿，然后打了个电话。

"是哈丽雅特吗？"詹姆斯对着电话说，"还记得我吗？我是詹姆斯·佩奇，住在麦克利里弄的那片农场里。几年前，你和我妻子海伦谈过登记农场的事情。"

哈丽雅特说，之前听到海伦去世的消息，为詹姆斯感到很难过，她本来打算来看他的。她又问现在能帮詹姆斯做些什么。

"嗯，我现在想把农场卖掉。"詹姆斯说。

那才是狗狗的
天堂

跳舞的狗狗

明妮听着病床边心脏检测器发出的"嘀嘀嘀"的声音。她知道自己的心脏跳得越来越慢。她的儿子、女儿、孙子、孙女、重孙都已经到她的病房里，跟她见了最后一面。还有她的神父拉比，临终关怀社工，堂妹范妮·罗州都来过了。她住的小房间位于一家经营良好的疗养院的副楼，通风条件很好，光照充足，房间里摆满了鲜花和慰问卡。那位每天都来查房的医生，每次翻来覆去就那几句话，无非就是好好养着，听得人耳朵都起茧了，而且每次他就只待那么几分钟。但是今天早上，他待的时间长了点，还第一次抓起了她的手。

她已经准备好离开人世了。她都已经平平安安活了83岁，没什么可抱怨的。她盼望着和在天堂的丈夫雅各布团聚，不过，她希望在那里，雅各布不要再像在人间一样，需要她花很多的精力伺候他，她再也不想伺候人了。

除此以外，她还藏着一个心愿，一个不愿意和他人分享的心愿，因为她怕自己两个女儿知道了，会认为她疯掉了。她的这个心愿是，想看到她的狗狗卢瑟。

卢瑟是一只混种狗，是一位天主教神父在自己的教区关闭的时候送给明妮的。那是很多年前的事情了，当神父来看她，并把卢瑟送她的时候，她感觉十分诧异，所以这么多年来，她时常会想起那一幕。

她以前从来没跟神父说过话，所以那个夏日，当神父敲开她家门的时候，她吓了一大跳。那个神父个子很高，很瘦，带着硬白领，却又穿着皮夹克，还戴着顶红袜队的棒球帽。帽子下面能看见他红色的头发，衬得他那双蓝色的眼睛，十分醒目。

他站在那里，牵着一只棕白色的小狗。这只小狗又矮又胖，丑死了。神父称自己是马修斯神父，他说："我来这是想问您想不想收养我的狗。"

近年来，这个教区参加集会的教众越来越少，所以被关闭了。马修斯神父说他要搬到纽约的一个城市教区去，但是带不了卢瑟。

明妮以为他在开玩笑，或者他弄错了，所以目瞪口呆地盯着这个神父和这只看起来很奇怪的小狗，而这只小狗也直直地看着她，满怀希望地摇着尾巴。

"你是在开玩笑吧？"明妮说，"我们不养狗的。"

马修斯神父笑了，似乎知道这一点似的。

他说："你看起来最亲切，我真心希望您能接受他。我不想离开他，但是我能感觉到，你们俩肯定能处得很好。就当作是上帝的一个预示吧。"说着，他抬头看了看天空。

明妮也抬起头，但是她只能看到天上飘着的白云。

即使是现在——在她临死的时候，她都没弄明白那神父为什么要找她收养卢瑟。而她也不明白自己最后怎么就同意收养卢瑟了。

那天早上，马修斯神父就静静地站在她家门口，等着她的回答。而卢瑟则继续盯着她看，仿佛认识她似的，也安静地等着她。如果她收养狗，孩子们肯定会很震惊，因为她从来不让小猫、小狗、小兔子、小鼠类进入他们一尘不染的小房子。但是不知道为什么，现在她觉得自己的心打开了。

马修斯神父说："我的祈祷把我指引到了你这儿。这应该是上天冥冥注定的吧。"

明妮准备开口拒绝，但是她竟然说不出"不"字。不知为什么她说了"好"，神父就把狗链递给她，还给了她一袋普瑞纳康多乐。他弯下腰，拍拍卢瑟的脑袋，然后就走了。

雅各布下班回家,看到卢瑟正坐在沙发上打盹,发了很大一通脾气,但是他的脾气很快就过去了。渐渐地,雅各布也开始喜欢上卢瑟,虽然比不上明妮喜欢卢瑟的程度。

卢瑟胃口很好,所以长得很胖,也很快乐。他很快就适应了这个家,让人感觉他本来就属于这个家似的。明妮之前还没意识到,自从孩子们长大离家之后,她有时会感觉有点孤独。虽然她对雅各布没有什么不满意的地方,但是和他生活在一起总有些单调烦闷。他没事总是喜欢读报纸、看电视、抽呛人的烟。但是现在卢瑟成了她生活的重心。几个月之后,卢瑟就开始睡在他们的床脚边。

卢瑟和明妮一起生活了13年。卢瑟到他们家六年后,雅各布去世了。明妮经常说,如果不是卢瑟,她都没法走出失去丈夫的悲痛。卢瑟死的时候,明妮曾经打电话给纽约总教区,问到了马修斯神父的联系方式。她打电话给他,告诉他卢瑟去世的消息。

电话里,她感谢神父把卢瑟带到她身边。"你是对的,卢瑟给我带来了极大的安慰。"

"谢谢你这么爱他。"神父说,"我会为你们祈祷,希望你们在天堂能够相遇。"明妮暗自决定,不告诉拉比神父为她做的祷告。犹太教教义中对于人上天堂后会怎样说得很模糊,如果拉比知道这件事情,他会起疑心,不知道明妮为什么要跟天主教神父说话。

现在,明妮感觉很累。周围十分安静,房间里没有其他人了。机器的"嘀嘀"声越来越慢,床突然变得既明亮又温暖。明妮竟然觉得自己又变得年轻了,身体也变得轻盈起来,这种感觉太神奇了。她觉得自己似乎从那疲惫酸痛的身体里慢慢飘了起来,那"嘀嘀"的声音也渐渐听不到了。

明妮舒服地躺在一张椅子里,脚架在一张长凳上。旁边有一个小小的花园，里面种满了鲜花，花香四溢。空气凉爽宜人，到处都能听到黄莺婉转的歌声，没有什么花里胡哨的东西，但是这里的一切都是她喜欢的。

雅各布坐在她身边，拉着她的手。虽然他们不住在一起，但是他们每天都能见面，一起散步，坐着聊自己的孩子。雅各布不用她照顾，有人照顾他。

明妮还看到自己的父亲和母亲在青青的草坪上肩并肩地散步。每天，他们都会微笑着跟她打一两次招呼，他们看起来很幸福。她希望某天在这儿也能看到自己的孩子。

日子过得轻松又惬意。

一天，大门外突然传来一阵骚动声。门被打开了，进来一个丰满的女人，焦急地喊着明妮的名字。明妮抬了抬手，那女人向她这边跑来。

这女人体型肥硕，一头棕色卷发，戴着副牛角框眼镜，镜片上都蒙上了一层雾气。她穿着一条蓝绿红三色涡纹图案的及膝连衣裙，即使在很远的地方，明妮也能看到她身上有狗毛。明妮是个很挑剔的人，总是会注意些细节。但是这女人身上最明显的地方是，她竟然有一对翅膀，翅膀是丝质的，磨损得十分严重。她还穿着一双胶靴，手上拿着一根奇怪的魔杖。她整个人闻起来带有肝脏的气味。

"我是奥德莉天使。我带你去见卢瑟，因为马修斯神父为你们作了祈祷。"

听到她的话，明妮眼睛一亮。"马修斯神父？他也来这儿了？"

奥德莉摇摇头说："还没有，但是我们会互通信息。"

"卢瑟在这儿？"

"当然了。"天使说着，用裙子擦了擦眼镜。"动物们有自己的天堂，跟人的不一样。动物不能到这里来，但是你能去看他们。运气好的话，人们还可以重新领养他们的狗。或者狗可以重新选主人。这是双向选择。"

明妮立马站了起来，她的膝盖一点也不痛，因为它们又变得柔软灵活

了，真是老天保佑啊。她转头看向雅各布，他正微笑着看着她。她说自己过一会儿就会回来，心头闪过一丝愧疚，但是很快就消失了。她可以随意地来来去去。雅各布没有要求跟着去，而明妮也没邀请他一块去。

"我的任务是照管狗儿们的天堂。"奥德莉说，"我从来没有到过人间，但是我喜欢狗，所以这份工作正巧适合我。"

奥德莉向明妮伸出手，明妮抓住她，闭上了眼睛。她们俩就向蔚蓝的天空飞去，快速地飞进了云端。明妮睁开眼，看到下面辽阔美丽的大地。那里有平坦的平原，茂密的树林，四周连绵的群山环绕，星星点点遍布着无数的洞穴。潺潺的溪流交叉着穿过山谷，那里有一排排茂密的灌木丛，树根边有很多洞，还有一片片旧屋子、棚子和谷仓。

这里没有街道，没有大房子，也没有大马路，只有很多土路。

奥德莉说："这里跟你们那边不一样，所以要隔离开来。"

她们落在一大片绿油油的田野上，一股浓浓的臭味扑鼻而来，明妮忍不住憋了一口气。"狗屎的臭味。"她说道。

奥德莉说："这里没规定要打扫狗狗的粪便。狗儿们可以到处乱跑，人类要适应一下。"

明妮四处看了一下，发现奥德莉说的是真的。这里有各种各样的狗，大小不一。面貌各异的混种狗、罗特韦尔犬、比特斗牛犬、阿富汗猎犬、纽芬兰犬、拉布拉多犬、牧羊犬、狮子狗、沙皮狗、英国斗牛犬、米格鲁犬、猎犬、巴儿狗不停地从田野和灌木丛边的洞里、林子里跑出来跑进去。这里的狗形态各异，有瘦高的，棕色、白色、黑色相间的，纯种的，混种的，吓人的，体型虽小叫声却很大。有些狗在打盹，有些则在奔跑、嗥叫、吃东西、乱叫、玩耍、随地大小便。

明妮听到了自己熟悉的尖尖的狗叫声，她转过头，看到卢瑟正摇着尾巴，向她跑来。他摇晃着脑袋，舔着明妮的手，眼睛一直盯着她。明妮坐在卢瑟旁边的时候，眼睛里蓄满了泪水，奥德莉在一旁面带笑容地看着这一幕。明妮搂着卢瑟那丑丑的小脑袋，吻着他的鼻子。

很显然，卢瑟见到明妮十分高兴。但是，明妮还是觉得卢瑟有些拘谨，不像她记忆中那样热情。可能他本来就是这样子，她的期望有些高了吧。

"卢瑟，卢瑟。我的儿，我的爱！"她抽噎地喊着，紧紧地抱着她的狗。卢瑟摇摇尾巴，向后退了一点儿。他又倾身向前，闻了闻明妮的手，舔舔它，然后向一旁的小路跑去。这条路一直延伸到田野的尽头。

"他想带你走一走。他见到你很高兴，想让其他狗都见一见你。沿着这条路走就行了。"奥德莉对她说道。

明妮有些惊慌失措，卢瑟确实是变了。奥德莉感觉到明妮的不安，便安慰她说：

"他在等你，但是他没必要听你的话了。他们顺从的东西和控制的东西都发生了变化。要知道，那里的狗希望你能为他们做事。他们不一定非要这么做，他有做自己想做的事情的自由。他可以用狗的方式来爱你。"

奥德莉告诉明妮，她会在原地等她，等明妮拜访结束后，带她回到人类的天堂去。明妮转身跟着卢瑟走向那条土路，走近看看卢瑟的新家。

奥德莉又说："最后要提醒你一件事，人类不能离开这条路。如果你离开这条路，你就会被钉子、石头、铁丝等障碍物戳到或者刮伤，所以在这里你不能随意走动。如果人类离开这条路，就会被视为行为不当，失去了控制。他们会清扫那些腐坏的食物，铲掉狗粪，把那些泥洞填起来，这些其实都把这个地方弄得一团糟，所以人们不能单独待在那里。"

明妮跟着卢瑟到了路边上，他跳到路边上，但是还是和明妮并排走在一起。

明妮看到，路的右边有很多狗在一起交配，这把她吓了一大跳。她知道大部分的狗，像卢瑟，都已经被"去势"了。出于礼貌，明妮转过脸去，不看他们。她觉得这儿有点恶心，但是她眼角瞥见卢瑟正趴在一只巨大的黄色拉布拉多身上。她急忙喊他："卢瑟！过来！别趴在她身上！"但是卢

瑟根本就不听她的,她只好转过头,等着他。几分钟之后,卢瑟出现在她的身边。

"你是个坏家伙!"明妮对卢瑟说。

卢瑟抬起头,好奇地看着她。然后他转过身子,继续沿着路往前走。明妮遛狗的时候,从来都是用狗链拴着他。现在手上没有狗链,这感觉还真奇怪。

明妮听到远处传来一阵烦人的嘈杂声,似乎有上百条狗在打架。她在想到底发生了什么事,怎么会有这么大的动静。然后她就看到了令她吃惊的一幕。放眼望去,所有的狗都在互相追逐,抱着在地上打滚,咬对方的耳朵,怒发冲冠地对着别的狗嗥叫、狂吠。这些声音让明妮紧张不已。她看到那么多白生生的牙齿,那么多狗互相打斗撕咬,都快吓死了。这个场面太恐怖了。

但是,她却没有看到一滴血,只是看到他们发怒的样子,以及听到他们的叫声。50 米外,卢瑟正跟一只罗特韦尔犬抱在一起。他露出自己的牙齿,咬着那头比他大很多的狗。他疯了吗,竟然敢这么不自量力?

"卢瑟,离开!别那样!"明妮大叫。但是这两只狗摆好姿势,肩并肩对峙着,接着卢瑟突然转身,一口咬住了对方的尾巴。那只大狗不甘示弱,咬住了卢瑟的肩膀,卢瑟留了一点血。明妮一边迷惑不解,一边又担心自己的狗被咬伤,想冲过去救自己的狗。但是一离开小路,她就看到面前有两道带刺的铁丝和一堆碎玻璃。她这才记起奥德莉的警告。这时,她也看到狗身上的血消失了,伤口自动愈合了。

"卢瑟,马上过来!"

卢瑟没有听她的话,消失在混战一片的狗狗中。

五分钟后,他出现在小路的另一边。他不仅没有受伤(只是毛上有些口水而已),而且看起来还很健康、很快乐,比她记忆中的狗要轻松得多。明妮记得卢瑟有些焦躁,动不动就喜欢叫。所有的声音,吸尘器、汽车、冰箱、飞机等发出的声音，都会让他紧张不安。而且他一遇到比自己大的狗就躲。

但是他在这里一点也感不到不安。其实，应该是卢瑟不受控制了。他再也不是那只马修斯神父带给她的可爱、听话、安静的小家伙了。

明妮发现，自从自己见到他之后，就一直在对他大嚷大叫，这可不是她所期盼的那种重聚。

"我得说这不是我想象的情景。"她对着卢瑟的方向自言自语。卢瑟正在她前面，朝着一片似乎堆满垃圾的地方走去。那气味闻起来像是夏天烂掉的肉的臭味，很恶心。

卢瑟又一阵风般地跑走了。他时不时地回头看看明妮，跑向其中一堆垃圾。那堆垃圾看起来像是一只死去的动物，就在小路上，明妮都能闻到那股臭味。卢瑟竟然在那堆东西里打滚。那似乎是一只死鹿，上面有一群群的苍蝇、许多小虫子和蛆。

"马上离开！"

卢瑟跑到一堆垃圾前，开始吃东西。明妮都不敢想那是什么。这一大片垃圾堆上有成百上千只狗，打着滚，吃着东西，有的甚至在吐。

看到这一幕，明妮差点没憋死。她猜那里肯定有很多兔子、花栗鼠和松鼠的尸体。她能看见一群群的苍蝇和许多蛆，头顶上还盘旋着很多秃鹰。

他们在这儿就吃这些东西、这些垃圾。明妮心想。她记得自己读过一篇文章，说在以前狗吃的就是这些东西。直到 20 世纪 60 年代，人们才发明了狗粮。这些垃圾似乎对狗没有什么坏处，至少在这里没有。

卢瑟离开垃圾场，蹦蹦跳跳地又回到路上。明妮跟着他往前走，想着这下他应该可以和以前一样陪她走一走了吧。空气中的气味也变了，明妮闻到了花香、肥沃土壤的气味，这下舒服多了。

明妮生前很喜欢侍弄花草。她没有大片的空地来种花养草，但是她也

跳舞的狗狗

竭尽所能打理好自己小小的花圃。现在,呈现在她眼前的是一个花团锦簇的花园,她不由得惊羡不已。这片花园很大,似乎绵延几里地。花园里有黑心黄菊、毛地黄、鸢尾花、桂竹香、珊瑚钟、水仙花、三色堇、牵牛花、金盏花、郁金香、马鞭草等等。

但是当她走近花园时,她惊恐地发现这片花园几乎要被完全毁掉了。篱笆桩都被狗拔起来了,咬得七零八落。到处都是泥坑,似乎这些该死的狗在里面躺过。上百颗球茎都被狗刨出来了,扔得到处都是。满地都是狗粪,有些花看起来都被烧死了,似乎狗直接在上面撒了尿。

明妮从来没让卢瑟靠近过她的花圃。在人间,人们似乎都会插上篱笆,安上告示牌,不让狗接近他们的花园。有时,花园被狗糟蹋了,人们还会找警察。明妮也把自己的花圃用篱笆围了起来。

现在,她却没有叫卢瑟回来,虽然她看见卢瑟冲进一丛高高的丁香花里,把它们从地里刨出,往天上乱抛。他看起来像是在为明妮翻耕花园。

几分钟之后,卢瑟小跑着回到明妮身边。明妮弯下腰,拍了拍他,但是他的身上真的很脏,他的毛都揪成了一个个疙瘩,上面都是粪便、垃圾和烂掉的肉。

"你中了什么邪?"明妮对着卢瑟说。他坐在那里,不停地摇晃着尾巴。他热情地看着明妮,似乎还带着点恳求的意味。明妮想着:"我听话的小狗到底怎么了?我可爱的甜心怎么了?"

卢瑟使劲地甩了甩身上的毛,他身上的那些泥巴、碎石掉了一地。明妮忍不住往后退了一步。他又带着她沿着小路继续往前走,他们来到另一个地方。这个地方跟其他的有所不同,看起来像是一排房间,有厨房、客厅、餐厅、卧室,所有的房间里都摆满了家具,一个接着一个,紧紧地挨着。房间里有很多地毯和垫子,很多都被撕破了、扯裂了,地板上都是破布碎片。

明妮看着，倒吸了一口冷气。

地毯上一块块的都是尿渍，还有狗的粪便。沙发都被嚼碎了，枕头被撕成了一条条破布，沙发靠背上都是抓咬的痕迹。所有的窗子上都有口水的印记，门上面也都是抓痕。床单被扯成了碎片，桌腿被拆了，扔得到处都是。厨房的地上，都是厨具、盘子、餐巾的碎片。

明妮很爱干净，她家的地板亮得都能照出人影来。她看着这些乱七八糟的屋子，心想，哼，要是卢瑟这么做的话，我会杀了他。但是她抬起头，却看到卢瑟正在干这些坏事。他趴在厨房的料理台上，扯开一条面包，啃咬着，还扔了些在地板上，给那些在料理台旁边叫个不停的狗吃。

卢瑟跳下料理台，又跑到客厅。他跳上沙发，撕开一个靠垫，里面毛茸茸的纤维掉得满地都是。

"卢瑟！"明妮忍不住叫了一声。

但是他根本不听明妮的话。好像在这里明妮根本控制不了他。虽然他在关注着明妮，知道她在哪里，但是他根本不听她的指挥。他只是随心所欲，想干啥就干啥，他似乎再也不是她的狗了。明妮禁不住想自己到底为什么要来这里。

就在这时，奥德莉出现在她面前的路上。她面带微笑，问明妮："感觉还好吗？"

"一点儿也不好。"明妮回答。

奥德莉看起来有些不安。"这是他们最喜欢待的地方之一。他们喜欢撕扯这些东西，乐此不疲。而且，这也是他们打盹的好地方。"明妮注意到一条狮子狗，肚皮朝上，躺在一堆床垫弹簧和被撕成一条条的枕头里，睡得正香。

奥德莉说自己马上就会回来，然后就飞走了。

明妮深深地吸了口气，努力让自己适应这种状况。这不是她多年来梦寐以求的那种温馨、美妙的重聚。但是，她的狗——卢瑟，看起来十分地

愉快。她意识到自己可能没有想象中那么了解卢瑟。在这里,他做着一些自己从来不喜欢,也不会允许他做的事情。但是他在做的是他自己喜欢的事,她以前从来没有在乎过这些。

卢瑟在这里跑来跑去,经常一会儿就不见了踪影。但是他会时不时地跑到明妮身边,嗅嗅她的脚,而明妮则会弯下腰,小心翼翼地抓抓他的耳朵。他摇着尾巴,似乎非常高兴能带明妮四处走走。

"卢瑟,我爱你。这些年来,我一直很想你,一直在等着和你重聚的这一天。我希望我们能重新生活在一起。"

卢瑟看着她的眼睛,然后转身又跑开了。

明妮喊着卢瑟的名字,但是他竟然不见了。她急得都快要哭了,感到很沮丧,难受得心都要跳到嗓子眼了。她想着,我这么爱这只狗,这种爱像潮水从心中涌出来。她脑子里浮现出他们待在一起的时光,亲热地偎依在沙发上,在小区里悠闲地散步。很多次,当她回到家时,卢瑟坐在门后迎接她,那种感动真的难以用语言表达出来。他曾经陪伴她度过那些艰难的时光,排遣她的寂寞,带她走出家门,和其他人见面聊天,平复自己的悲伤。回想着这些,她突然感觉自己要崩溃了。

她想回去,就是要回去。这时,奥德莉出现了,她问明妮:"你准备好回去了吗?"明妮点点头。远处,卢瑟正趴在一只米格鲁犬身上,她不想看下去了。

她回到自己的住处,雅各布正面带微笑地坐在长椅上。明妮很高兴自己能坐下来,她又累又饿。奥德莉说得对,那里是不一样的。奥德莉告诉明妮,如果她想再去看卢瑟的话,喊她的名字就可以了。

明妮给了奥德莉一个拥抱,道了声谢。

奥德莉拍拍翅膀,正准备飞走的时候,明妮突然说:"我有一个问题,那是狗狗的天堂,对吧?"

"是的。"奥德莉说。

"那有狗狗的地狱吗？"

奥德莉顿了顿，点点头说："有的，那些伤人的或者伤害其他狗的狗会下地狱。"

"那狗狗的地狱是什么样子？"

"那是一个让狗狗很痛苦的地方。在那里，狗狗不能自由地奔跑，他们被去势了，不能交配。他们不能吵闹，不能吃自己喜欢吃的东西，也不能挖洞，随处大小便，不能吃花。他们不能跳上家具，刮花门窗。我从没到那里去过，但是我知道如果没有链子拴着，他们连门都出不了。"奥德莉边说边摇头，"真恐怖！"

说完，奥德莉就飞走了，留下几根狗毛，飘荡在落日的余辉中。

几天以后，明妮在长椅附近的花园散步，在那里，她经常能遇见雅各布。她想起前几天去看卢瑟的情景，那跟想象的太不一样了。

然后她叫了奥德莉的名字，天使奥德莉立马就出现了。

"你想去看他？"奥德莉好奇地问，"很多人都不愿意再去了。"

明妮坚定地点头说："我去。"

几分钟之后，她们就又到了狗狗的天堂。明妮往小路上走去，卢瑟摇晃着尾巴，出现在她的身旁。

这次，卢瑟没有立马冲向她，或者兴高采烈地尖叫。他没有舔明妮的手，或者蹦跳着讨要好吃的。而明妮也没有喊他，或者叫着"甜心"，亦或等着他跑来跟自己一块散步。

卢瑟和上次见面又不同了。他沿着小路小跑着，而明妮则稳步地向前走。她没有喊着让卢瑟停下来，或者到她面前去。在卢瑟趴到其他狗狗身上，吃垃圾、打架，破坏那一堆堆的家具时，也没有阻止他。她只是告诉自己要冷静，这是狗狗的自由。

这一次，卢瑟和明妮靠得更近了。他散步的时候，昂着头、竖着尾巴、

挺着胸膛，十分神气的样子。明妮又一次感觉到了他们之间的爱。但是她必须承认，这种爱跟以前不同。这一次，不是她在遛狗，而是她和卢瑟肩并肩地在散步。

卢瑟跑去吃那些脏兮兮的垃圾时，明妮说："卢瑟，我爱你。"然后她对他挥挥手，眼睛里满是泪水，"做回你自己吧！"

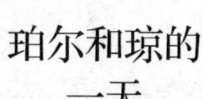

珀尔和琼的
一天

跳舞的狗狗

把车子停在车道上后,琼深深地吸了一口气,闻到了斯巴鲁后座上的杂货店袋子里飘出的诱人的香气。她细细地回味着车里的那种令人满足的混合香味:苹果的、橘子的、牛肉的、香蕉的、土豆的、面包的、咖啡的,所有自己想要的食物都在这里,真好!她转头看了看珀尔,她坐在副驾驶座上,也在闻着车里食物的香味。

琼在座位上坐了一会儿,满足地叹了口气,到家了。这几个小时里,头一次她感觉自己的关节不那么酸痛了。

每个星期她们都在星期五下午的四点钟去购物。不知道为什么,珀尔总能准确地知道什么时候要去买东西了。琼不知道她是怎么判断出来的,光线?她的动作或手势?不管怎样,珀尔总能知道什么时候去后门拿挂在那里的狗链。

琼现在累死了。虽然购物和跟珀尔坐在沙发上一样,是她最喜欢的活动,但是她真的很开心东西终于买完了,实在是太累了。去买东西,她要走出家门,见其他人,看看外面都发生了什么。她喜欢沿着美丽的戴夫河开车去集市,一路上她们会经过几个公园和一个池塘,会遇到各种狗和骑车的人。她喜欢闻微风从密歇根湖上带来的气味。

和平常一样,珀尔会跟琼一起去集市,这让购物变得更愉快了。珀尔脾气很好,活泼、可爱,不随便大叫大嚷。琼几乎做什么事都喜欢带着珀尔,她们在一起相依相伴六年了,她们似乎形影不离。只要可以,琼无论去哪儿,无论什么时候,都会带着她。珀尔无论是在商场、公园,还是在学校的操场、河边、狗狗托儿所,都很受欢迎。琼很高兴看到珀尔能跟很多人打交道，而琼自己也喜欢跟人交往。珀尔似乎从来没有碰到过自己不喜欢的同类，虽然有些狗并不怎么回应珀尔的友好。

琼坐在那里想着车里的食物，考虑晚上要做什么。她脑子里已经浮现出很多道美食了：鸡肉、土豆、米饭、肉汁、浓汤。她开门下车，等着珀尔下来。外面很冷，琼冷得浑身发抖，但是珀尔看起来似乎一点也不觉得冷。

她们花了差不多一刻钟，才把那些袋子从车上搬到屋里去。珀尔一直陪着琼在车子和屋子之间来来回回、跑来跑去地拎袋子、搬东西。都搬进家里后，还要把买的东西分门别类地放好。屋子里都是纸发出的悉索声、换袋子的声音、厨门打开和关上的"啪啪"声、打开和关上冰箱发出的"咚咚"声。这期间，珀尔偶尔会把头伸进冰箱，闻一闻里面的气味。

等琼把一切东西都归放整齐后，珀尔走到琼面前，要琼拥抱她、轻吻她。

珀尔身上有很多琼喜欢的优点，但是要说最喜欢的，那就是人和狗狗之间的那种特殊的爱，那种在彼此心中激发出来的强烈的情感。她们彼此十分了解，能完完全全接受对方的一切。

珀尔对琼的爱，跟很多人的爱不同，甚至跟很多狗的也不同，她的爱是无条件的。其他的生物可能见异思迁、残暴冷酷、反复无常。琼从来都不能确定珀尔的脑袋里到底在想什么，但是珀尔眼中透露出的关爱和感情，对琼的认可和信任，都是十分深切的。这极大地安慰了琼，帮她忘记腿上的关节疼痛，也帮她消除了两年前哈里的去世所带来的悲伤。

那天琼发现哈里倒在走廊的地板上。她现在依然记得那恐怖的场景，依然能感受到当时的震惊和恐惧。救护人员接到电话后，立马赶到他们家，给哈里做急救，试着让他苏醒过来，把他弄上救护车，接着就是那段难熬的时光。之前，她也经历过亲人去世，她的父母，还有其他一些人，

都已经离世了。但是哈里的突然去世给她的打击、给她带来的伤痛，让她措手不及，根本就不知道如何承受。她感觉自己的世界一下完全颠倒了。那些天，她沉浸在恐惧中，时时被那种孤独、失落的感觉所啃噬着。

琼和哈里一起生活了大半辈子，她爱着他，照顾着他。但是哈里一死，她生活的节奏似乎一下子就被打乱了，她感觉哈里的离世给她的生活留下了一个巨大的无底的黑洞。在哈里刚走那几天，她几乎都要崩溃了，不吃不喝，也不睡觉，总是感觉坐立不安。她不想出门，不想关心外面的任何事情。

现在她好多了，真的好太多了。她的胃口不错，每天都要散好几次步，出门见朋友，甚至会想着出去找些乐子。她又重新找到了希望，感觉生活又有了盼头。让她走出阴霾、治愈她伤痛的，主要是她跟珀尔做的那些普普通通的小事：散步、买东西、休息、开车兜风。如果没有珀尔始终如一地陪伴，琼真不知道自己能不能挨过那些日子。她觉得自己无法用语言表达自己对珀尔的感激之情，也无法跟他人描述。

跟大部分晚上一样，琼和珀尔并排坐着，一起吃晚餐。有时，她会留些自己吃的东西给珀尔，虽然她从来没见过珀尔吃这些，但是她总会把吃的叼走。

接着是洗餐盘和碗，然后出门散步。珀尔似乎总能算准出门的时间。她们一起走出门，沿着前门的小路走到街上。她们的一些朋友也出来散步了：唐娜带着熊熊，哈罗德带着贝利。"你好，琼。你好，珀尔。"唐娜总会用她细声细气的嗓音跟她们打招呼。"今晚蛮舒服哈，熊熊看到你们很高兴。所有邻居中，他最喜欢你们了。"

有时候，琼觉得唐娜太热情了，但是她还是很礼貌、很高兴地听着邻居间的八卦。

然后，她们开始玩扔球游戏。虽然琼年纪大了，腿脚不灵便，弯腰也有点吃力，但是珀尔对这个游戏却百玩不厌，所以琼总会陪着她玩。珀尔把球扔在地上，琼跑去把它捡起来。她们就反反复复扔球、捡球。晚上天慢慢变冷了，珀尔感到很疲惫。琼开始担心珀尔，珀尔也能感觉到这一点。然后她们收拾东西，回家。回到家，琼就把珀尔叼过来的止痛片吃了，那些药是掺在花生酱和布丁里的。

之后，琼和珀尔依偎着坐在沙发上，享受夜晚的安宁与舒适。壁炉里烧着柴火，整个屋子映照在一片温暖的光辉中。

然后是打电话时间。第一个电话打给朋友安妮，然后是打给孩子，有时还能跟孙子、孙女聊两句。

奇普几乎每个晚上都会说："妈妈，我们很担心你。你一个人住在那座房子里，不行。"他自己住在温暖的加州，而母亲却住在寒冷的中西部，这让他心里很是过意不去。

"你为什么不搬到我们这儿来？"奇普经常邀请琼到加州去。

琼不想搬走。她喜欢自己一成不变的生活，喜欢在每天固定的时间做同样的事情。搬家会让她无所适从，在精神上有负担。

"我不是一个人。"琼总会这么回答。

"我知道，我知道。"奇普说，"但是她是条狗。"

他们这样的谈话总是无果而终，而他们则继续过各自的日子。

琼跟珀尔在一起，总是觉得有安全感。只要有珀尔陪着，她就觉得有人在看着她、照顾她、保护她。只要有人接近她们，珀尔总会第一个注意到，然后会去查看、打探来人。有时候，在山顶的屋子里会感到孤独，因为最近的社区也是在茂密的阔叶树林和灌木丛的那一边，被树遮住了，根本看不见。但是和珀尔在一起，就不会感到孤独。

无论世界上有什么危险或考验，在这里都会消失。这一人一狗就待在一起，待在这个世界的小小角落里。

奇普上次带了一台电脑来，把它装在客厅的一角，并留下了详细的使用说明。但是说实话，这台电脑让琼和珀尔都感到不舒服。因为它带来了

新的奇怪的并让人不安的噪音：尖锐的嘀嘀声、风扇的嗡嗡声、敲键盘的嗒嗒声等等。琼不喜欢看到客厅角落的电脑。不喜欢电脑屏幕闪过的诡异的光。这电脑很奇怪、很丑陋，味道也不好。

只要电脑屏幕发亮或者发出哔哔的警报声，珀尔都会被惊起，赶紧跑走。

打完电话后，是吃宵夜的时间。宵夜很简单，茶、烤饼和饼干。她们慢慢地一点一点地品尝着自己的食物。琼边吃宵夜边看书，她在做这些日常琐事时，非常享受周围的静谧。除了偶尔能听见靠垫或枕头发出的声音外，屋子里静悄悄一片。

电脑是关着的，电视也是关着的。晚上九点钟之后，就不会有人打电话过来。街上也没有车子开过。房子里唯一能听到的声音就是电冰箱的嗡嗡声，以及电子钟走动的声音。电子钟是去年圣诞节别人送的礼物。

琼和珀尔这时都开始打瞌睡，呼吸也变得深长，还有点小小的鼾声。珀尔舒服地蜷在羽绒枕中，而琼则喜欢躺在阿富汗毛毯里，这张毯子平常都盖在沙发靠背上。风轻轻地吹在大大的玻璃窗上，玻璃窗是哈里在去世前的那个夏天装的。

琼每个晚上都会梦到哈里。梦中，她看到了自己和这个陪伴她多年的男人一起生活的很多场景：一起散步、开车、在海上游玩。而在又黑又冷的晚上，和他一起躺在床上，则是琼最怀念的场景。

十点钟的时候，琼常常会起来，珀尔也会跟着她起来。打开电视，一般都在播报天气。然后就是一些有关死亡、火灾、抗议等不好的消息。

之后，她们会去外面的草坪上再走一圈，让珀尔在睡前再在车道旁上一次厕所。

最后，她们上楼，上床睡觉。琼在临睡前要擦些面霜，用电热垫热敷珀尔发酸的关节，然后是洗漱。之后一个躺下，盖上被子，打开灯。另一个则在床边找一个温暖安静的地方，蜷起身子，脚掌下还抓着一个球，抬

珀尔和琼的一天

头感激地看一看躺在床上的那位。而床上的那位则拍拍她的头，吻了吻她，说声晚安，之后她们就睡觉了。

晚上一般都平安无事，因为她们睡觉都很规矩、很安静。有时，有人会起来，上卫生间；有时，另一位则要去后门解个手。她们俩偶尔需要起夜，但是大部分的时候，她们都会一觉到天亮。

早上，当第一缕晨光冲破黑暗的时候，琼会先醒过来。如果琼不起身，珀尔绝对不会动。琼躺在床上，等着闹钟响起，播放那安静的古典音乐。楼上的卧室里没有数字时钟，只有一个老式的收音机闹钟。

然后起床，开始洗澡、穿衣、下楼、开后门让狗大便，之后吃早饭：喝咖啡，吃降压药和烤面包、粗粒食物、一片鸡肉肠、一些治疗关节的药丸和治疗肾病的药物。

之后开始这一天第一次，也是时间最长的散步，她们慢慢地走去公园，去与其他的人和狗见面，放开狗链，让狗在公园里跑跳一会儿，当然在狗的体力和腿力允许的范围内。

接着是回家、打扫屋子、洗衣服、缴纳各种费用、开车去看医生，然后去兽医院做例行检查。

在兽医那儿，琼一点也不紧张。但是珀尔在去之前几个小时，就已经紧张得要死了。

最后，终于要回家了，琼的老朋友苏在家等着她们。几年前，苏的狗狗死了，所以看到别人家的狗，会很兴奋，会蹲下身体，抚摸狗狗的肚皮。苏每隔一周都会来琼家吃中饭，而其他时间则会去参加她的桥牌俱乐部的活动。她总会带三明治和其他好吃的过来。

一晃眼就到了下午，又要出去散步了。邻居们有时会打趣她们，说不知道到底是谁在遛谁。真的是这样，琼和珀尔也不知道。

她们回家后，琼去查看邮件，而珀尔则慢慢踱到她的碗面前，吃早上剩下的粗粒食物。

嗨，有空吃顿晚餐吗

跳舞的狗狗

不用看 CNN 的报道，埃玛也知道出事了。即使在金融危机正式袭击美国之前，埃玛还没等老板问她能不能调班，她就已经换了。她在"沃什华动物收容所"工作，沃什华原本是一个很兴旺的汽车城——几十年来通用的一家装配厂，一直是这个城市的支柱，但是2008年它倒闭了。这给这个城市带来极大的打击，很多相关产业遭受巨创。几个月以来，越来越多的人拜访了收容所的"动物收容区"。大部分人在晚上偷偷地来，因为尽管把自己的宠物送到这里不是他们的错，但他们还是感觉不好意思，或者还是很心痛。收容所之所以开辟这个区域，是因为想让宠物的主人们以一种安全而且秘密的方式把宠物送到收容所来，而避免他们把宠物抛弃。

仅仅一个晚上，收容区里就多了五条狗、六只猫、一只乌龟、四只兔子、一只獾。第二个晚上，又有十二条狗、九只猫。从那天开始，埃玛就决定换成晚班，这样当人们把宠物放在收容区后，她能立即照料这些动物。她不想让任何一只动物在外面的收容区过夜。被主人抛弃，这些宠物已经够难受的了。她要把他们弄到收容所来，给他们喂食、登记，然后让他们住下来。如果知道有动物在外面，她根本就不忍心回家睡觉，因为她能想象这些宠物的主人在放弃他们时，心里是多么的悲痛。

她记得有人曾经把一只米格鲁放在收容区。他被关在笼子里，不停地嗥叫。在笼子的门上贴着一张纸条，上面写着："我的名字叫达瑞尔，我的主人失去了房子和工作，他们再也养不起我了。他们希望你们能为我找一个好人家，保证有人疼爱我、照顾我。请让我活下去，谢谢。"

埃玛看过很多类似的留言和纸条，她把它们都收起来了。一个小女孩，曾经一连两个月，每天都写信给邓肯——被她送到收容所的一只拉布拉多犬。埃玛都不忍心跟女孩说，她的狗已经被杀掉了。

收容区旁边有一块上色的玻璃窗，埃玛从里面可以看见外面，但是外面的人看不清楚里面。夜深人静的时候，一些父亲会匆匆地过来，偷偷地把狗啊、猫啊放在收容区的笼子里。埃玛猜测他们不想让孩子看到这些宠物被送走的一幕，所以才在这时候来。这里有12只大笼子，工作人员都把笼子打开，接受被遗弃的宠物。在笼子旁边有一个募捐箱，但是很多时候，人们都急匆匆地离开，根本不会放任何东西进去。有些人也可能是没有钱吧。她还看到有个女人，在离开猫的时候，跪在地上，紧紧地抱着猫，不停地流眼泪。还有一对老年夫妇，把他们年迈的腊肠狗送到收容区来。他们温柔地对他说，他们要搬到养老院去，不能带上他，谢谢他这么多年来的对他们的爱护和忠诚。一个小姑娘泪流满面地把她的鹦鹉放进笼子里，然后冲回车子。女孩的妈妈在车子里催促着她快点。

很多时候，这些伤心的人会在第二天早上急急忙忙地来把自己的宠物领回去。"我们不能让他离开。"有一个母亲这么说。早上六点，收容所开门的时候，她就带着两个孩子来领回她们的混种狗。当时，埃玛还在那里，正准备在狗脖子上系上标牌，放进隔离区。收容所的规定是，一旦狗狗进了收容所，人们想要领回，就必须走所有的领养程序，要缴纳60美元的费用，还要通过面试，之后他们才能把宠物领回去，但是埃玛偶尔也会网开一面。

"我失业了，也不知道我们要住哪儿。"这位母亲说，"但是我觉得有我们住的地方，肯定也能腾出点儿空给狗住。"她的两个孩子都是女孩，她们一边哭，一边紧紧地搂着她们的狗。当这家人带着狗，开着他们破旧的塔鲁斯走的时候，埃玛站在收容区，挥手跟她们告别。

埃玛开始上夜班的两个星期后，新闻里播报的都是股市崩盘、失业率急剧上升这样的坏消息，收容区被遗弃的宠物越来越多。

   收容所的预算减了又减，工作人员的数量已经减少了四分之一。即使埃玛一周工作60个小时，她拿的也只是兼职人员的工资，一小时13美元，没有其他的福利，但是她却觉得这时候动物们更需要她，确实是这样。埃玛跟很多人不同，她喜欢自己的工作，每时每刻都享受着自己的工作。埃玛感觉到，自己在工作时有人确确实实需要她，就这么简单。动物们需要你，他们每获得一口食物或者一个拥抱都会感激你。

   她自己没有养狗或者养猫，因为她知道如果那样的话，在出现紧急情况，或者收容所的动物偶尔需要在晚上带回家进行照顾的时候，就没有其他地方可以安置这些动物了。尤其是她知道有些狗或猫很可能要被杀掉的时候，她会把他们带回家，让他们饱餐一顿。

   收容所是一幢一层的平房，这原本是一家机械厂，后来捐给了镇子。收容所有一个接待区、一间手术室、一间探望室，在这里人们可以和动物一起玩耍。一间"安全屋"，用来关危险的或者有病的狗或猫。还有很多房间，里面放着15到30个大小不一的笼子。在房子的后面还有一排供动物锻炼的围栏。这个地方每天打扫、消毒两次，但是还是有收容所的气味：动物的血液、毛皮、呕吐物、粪便混杂着消毒剂和酒精的气味，这些气味都已经进入到墙里去了。

   收容所里有140只动物，几个月来，一直都满满当当的。现在，已经没有地方放动物了。走廊里、接待区都堆放着笼子。每天都有好多动物被遗弃，收容所要24小时一直开着，但是收容所也没有足够的钱供养这些动物。员工们想尽办法帮助这些动物。有些天，埃玛和其他工作人员要开着收容所的小货车去各家宠物店，求他们赊一些粗磨食物和罐头。他们经常开一个小时的车，去克里夫兰郊区的宠物店，那里的人比较富有。有一家宠物用品连锁店同意给他们包装损坏的食物，以及被人们退回来的食物。

   收容所的人把周末叫作"黑色星期五"，因为那些生病的、危险的、别人不愿意收养的动物要接受安乐死。每个星期五早上，埃玛都要强迫自己看手术室里贴着的动物的名单。有时，上面有 20 甚至 30 个动物的名字。收容所竭尽所能为动物找到新家，但是这很不容易，而且越来越困难。现在，进收容所的动物比出去的要多，每天都要腾出空间接受新的被遗弃的宠物。

每当有动物要接受安乐死的时候，埃玛都会跟他们说再见。如果可以的话，如果有时间，她会把他们从笼子里带出来，让他们享受最后一次宠爱。她下决心要让所有动物在离开人世之前，都得到人类的爱怜，或者是有个很好的告别仪式。在有些星期五，埃玛会帮助医生，在给狗或猫打针的时候抓住他们，闭上他们的双眼，把他们的尸体从手术室带出，恭敬地处理这些尸体。有火葬服务人员来收这些尸体，埃玛在他们被收走之前，都会在每具尸体上面挂上他们的名字标签。

人们在了解到收容所也会杀死动物的时候，常常都会大吃一惊。收容所所长桑迪告诉他们："我们不是不杀生的收容所。我们没有钱供养所有的动物。"其实根本没有什么不杀生的收容所。有些收容所负责杀死自己的动物，有些则让其他机构来杀，或者根本就不接收那些可能会被杀死的动物。现在，没有一家政府资助的收容所能拿纳税人的钱长久地照料某些动物。

埃玛记得她还在上白班，负责跟客户交流的时候，碰到过一位父亲。他抓着埃玛的肩膀，对着她的脸，说："你能想象我现在的感受吗？"他的语气很平静，但是带着隐隐的怒火。"就因为我们没有钱给狗看病、买狗粮，我们就要卑躬屈膝，把狗带到这里来。回家的时候，还要面对孩子，跟他们说我把他们的狗送走了。"

埃玛努力地看着这个男人的眼睛，用颤抖的声音说："先生，对于您和您的狗的境况，我感到很抱歉。但是这也不是我的错啊。我们都在努力想办法。"

男人盯着埃玛，看了一秒钟，然后转身上了自己的货车走了，把他那只不知道发生了什么的德国牧羊犬留给了埃玛。

埃玛在感觉沮丧的时候，会回忆那些愉快的场景。小孩子抱着狗或者猫高兴地离开，这些幸运的动物找到了新家。和他们说再见是另一种告别的方式，这些回忆让她在很多时候坚持下来，继续待在收容所里。

一天晚上，时间还早，埃玛刚刚接班，她和同事山姆就听到高速公路上传来一阵轰鸣声。这条高速公路就在门可罗雀的公路商业区和收容所中间。埃玛从后窗向外看去，发现十几辆黑色的大型摩托车在路上疾驰着。一开始，她没有想到这些摩托车是冲收容区来的，但是后来这些车子慢慢减速，轰隆隆地往收容所入口开来，车子屁股后喷出阵阵烟雾。

埃玛听到所里的狗在狂叫，这些动物不喜欢这种噪音。不一会儿，就传来一阵狗吠、嗥叫、尖叫声，收容所似乎都被吵得要塌掉了。

"啊，在地震。"山姆说。埃玛看见了那群飙车党中领头的，他在摩托车后面绑了一只装动物的笼子。

埃玛胆子小，从来不敢跟人吵架，所以急急忙忙走到一间放笼子的房间里。在这里，她可以忙着给动物喂食，跟他们聊聊天，或者换换药。今天她或许可以去看看布朗宁，她是一只胖胖的年迈的黄金猎犬，她的主人上了年纪，房子也被银行给收走了。埃玛要帮她换绷带，布朗宁刚刚切除了肿瘤。她怀疑收容所不会让布朗宁活太长时间。

这时，埃玛听到接待区传来一阵喧闹声。

所长桑迪在值班，她可以接待这些飙车党。埃玛看到那些人穿着黑色的皮夹克、牛仔裤、钉靴、头盔下露出长长的头发。她坚决不会去跟这些人说话的。

然后她看到山姆往接待区走去，帮桑迪。

埃玛把布朗宁放出笼子，闻了闻这只年迈的狗狗的鼻子，轻轻地把她抱到检查台上。她小心翼翼地取下纱布，现在她必须十分专心，不能受打扰。她从口袋里掏出几块肝脏做的点心，这是她从动物超市买的，花的是自己的钱，收容所买不起这些点心。

嗨，有空吃顿晚餐吗

埃玛不敢问桑迪怎么处理布朗宁，但是根据以往的经验，她猜这个星期五布朗宁可能要接受安乐死。在沃什华，没有人会收养一条已经12岁，而且患了癌症的狗。而收养所再花钱为她做手术也不太合适，还有许多年轻、健康的狗需要他们来拯救，这些狗或许能找到收养的人家。

埃玛在伤口上贴了新的纱布，给布朗宁打了一剂抗生素。这时，山姆进来了，有些愤愤不平，脸都气红了。

"怎么啦？"

"那个飙车党，那个四肢发达的混蛋，进来的时候带了一只褐色的大猫。他说他想把猫留在这里，但是他要求我们一定要给猫找到收养的人。桑迪说我们不能保证一定能行，那男人就一拳打在墙上，几乎都把墙给震垮了，还骂桑迪是婊子。他说桑迪一定要给猫找到领养的人，不然就把这个地方给拆了。"

"我让他冷静下来，他的两个手下竟然要来打我，不过那个男人举了下手，他们就停住了。桑迪说要报警，让我来拿包装猫。我不想走开，但是我看她要我走，所以我来这儿了。"山姆走到一间储藏室，拿了一只旅行包。

一股怒气油然而生，但是埃玛想到桑迪说过，他们只要在乎动物就可以了，不管别人的态度。

山姆显然还很不高兴。他拿了一只大大的塑料包，急忙跑回接待区。

不一会儿，埃玛就听到摩托车轰隆隆开走的声音。

她大着胆子走到走廊里，那里已经空无一人了。她沿着走廊走到收容区，刚刚被送进收容所的动物在这里要隔离两周。现在是给动物们喂食的时间，埃玛负责这项工作。她看了看表，发现要给新来的动物打抗生素了，所以她走到药柜拿新的注射器和药瓶。

离开走廊之前，埃玛还拿了一只食物袋。就在这时，她听到隔离区传来男人的声音，而且那不是山姆，她呆住了。为了省钱，走廊里的灯关掉了，只在需要时才打开。她知道即使自己踮起脚尖，透过玻璃，也看不清隔离

区里具体的情况,她害怕得几乎透不过气来。她慢慢地把食物和医疗器械放在地上,缓缓地靠近隔离区。

一个高大的男人,身穿黑色机车夹克,长长的头发披到了肩膀上,侧对着埃玛,坐在角落的地板上。

他脚边放着一只空空的装猫的袋子。

他似乎30岁出头,粗脖子、宽肩膀,大大的肚子把黑色的皮夹克撑得紧绷绷的。皮夹克上缀有铆钉,一边的鼻翼上还挂着个鼻环。一个龙头纹身从他的胸膛一直延伸到脖子。

一只肥大的三色猫坐在他的大腿上,猫的眼睛碧绿碧绿的,埃玛从来没有见过这么绿的眼睛。他们旁边的笼子的门大开着。虽然玻璃很厚,但是那男人从喉咙底下发出的声音很大,所以埃玛能听清楚他在说什么。

他用低沉的声音说:"嘿!对不起,要把你留在这里。如果可以的话,我会来把你带走的。他们说他们会努力帮你找到好人家,但是我不知道他们是不是在骗我,我不知道会发生什么。"

猫舒服地蜷在男人的大腿上,直直地望着他的眼睛。

埃玛一动不动地看着、听着。男人似乎在仔细地打量着猫,似乎要把她的样子深深地刻在脑海中。

埃玛想走开,但是她的腿却不听使唤。

这个飙车党回望着这只猫,抚摸着她的下巴。

"你是只很棒的猫,我都不敢相信你能抓到那些耗子,我会想你的。"

埃玛看到男人哽咽了。

"对不起。"他又道了歉。

猫好奇地看着男人,他的话虽然很粗鲁,但是他的语气却十分温和。埃玛碰到过很多类似的情况,很少有人愿意和自己遗弃的动物单独待着,遗弃他们就已经够难受的了。

"我要走了,克莱奥。"男人说。猫还是舒服地蜷着,待在他的怀里。

嗨，有空吃顿晚餐吗

埃玛想，抛弃自己的宠物总是很难过的。尤其当人们意识到自己的宠物是多么地信任他们，跟他们在一起多么有安全感时，他们更难以舍下这些动物。

"我们必须要搬走。这里找不到工作，我们不知道要去哪里。房东把我们赶出来了，我们不能让你吃苦。"

男人抬头望了望天花板，埃玛惊讶地看到眼泪从他的脸颊上滑落下来。这个男人真的忍到极限了，埃玛想。她曾经见过类似的情景，人在某一个时刻都需要发泄心中的悲愤，现在这个男人正需要发泄。

埃玛摇摇头，摆弄着自己绿色罩衣的下摆。

男人把猫送回笼子，迅速地站起来，往门口这边走来。埃玛把食物和药物放在地板上，快速地倒退，进了另一个隔离房间。她听到男人打开门，走出走廊。几秒钟过后，埃玛听到山姆说："嘿，你不能进来的。"接着她听到有人在怒吼咒骂，还有一阵吵嚷声。

她跑到走廊上，打开灯。她看到男人一只手臂放在山姆的肩膀上，山姆被推到玻璃墙上，脸白得跟纸一样。

"你他妈是什么东西，我还不能跟我的猫说再见了？这是我的猫，你们这些人，都不能保证给她找到人家，还敢把我赶出去？"

男人气得满脸通红，瘦得跟竹竿样的山姆都快瘫掉了。整个收容所的狗都在不停地狂叫。

埃玛想都没想，大步往男人面前走去。

"嘿！"听到她的声音，两个男人都转头看着她。埃玛把手放在飙车党的手腕上，把他的手臂从山姆肩膀上拿开。

"我知道你很爱你的猫，我也知道你不舍得放弃她。你肯定很愤怒、很挫败，我们都看到了，但是你不能把我们当出气筒。我们会照顾她、爱护她。通过我们，她才能找到好归宿，是不是？"

山姆目瞪口呆地看着她，好像她刚刚从外星上来的一样。

埃玛又上前一步。

男人现在呼吸已经正常了,他往后退了一步。

"对不起。"他对山姆说,"我刚刚失控了。"

山姆点点头,伸出手。两人握了握手,原谅了对方。

埃玛把手搭在男人的肩膀上。

"先生,我知道你感到内疚,但是你不应该这样,你叫什么?"

"豪伊。"他说。

埃玛对他说:"你是一个好主人。很多人就随随便便把猫扔在大街上,我们有一整间屋子都是关着这样被抛弃的猫,但是你想到把她带到这里来,这是你能做的最好的选择。我们会好好照顾她的,你应该为自己所做的选择感到安心。"

豪伊看着埃玛的眼睛说:"你知道吗?她就像是我们的孩子。我们经常搬来搬去,我们的关系不怎么样,但是这猫对我们来说很特别。"

埃玛点点头。"听我说,豪伊。放宽心,让她待在这里。把宠物送来这里的人都是好人,只是条件不允许罢了,我们要记住这个事实。"

"你的名字呢?"豪伊问。

"埃玛。"

豪伊的眼睛里又蓄满了泪水。

"她找到新主人的几率有……"

埃玛摇摇头,说:"我们不知道,但是她很漂亮、很健康,这很好。她有机会,但是很多宠物却没有机会。"

"要多长时间?"

"豪伊,你必须离开,不要回头。你已经尽了自己最大的努力,给过她最好的生活。每天都是一个新的开始,每天都有得有失,有成功,也有失败,但是你必须要过下去。现在我们来接管她了,她不孤单,也不会流浪街头的。"

豪伊听着，紧紧地盯着埃玛，点点头。然后他又去了隔离房间，这是最后一次。他打开笼子，把克莱奥的脸转向自己，抱着她，小心翼翼地把她放回笼子。猫小小地挣扎了一下，但是他把她放了进去。关上笼子，站了起来。

豪伊脸上依然流着泪水，他快速地回到走廊上，经过山姆，走向埃玛。他俯下身，吻了吻埃玛的脸颊。

"谢谢你，埃玛。"他说着，然后离开了。

晚上，收容所里十分安静。动物们都吃了东西，打了针。过几个小时，才会有人开车过来，把宠物放在收容区。那时候收容区又会有不少被遗弃的宠物。

埃玛又看了一遍黑色星期五的名单，之后，她摇摇头，深深地吸了口气，强忍住了眼泪。

她告诉山姆要出去一会儿。山姆之前还问她，下班回家的路上要不要一起吃饭。他们一般一星期要聚一两次，两个人都单身，但是很多时候他们聊的都是收容区的动物，埃玛连山姆住哪儿都不知道。

不过今晚，埃玛没有答应，她还有其他事情要做。山姆笑了笑，他知道埃玛要做什么。

下班后，她开车去了几里外的汉堡王。那里的店堂经理认得她，跟她打了声招呼，"跟平常一样？"

埃玛点点头。她点了个至尊汉堡，有三片牛肉，很多奶酪和蛋黄酱、生菜、西红柿，还有面包。她还点了一小份西红柿沙拉和无糖百事可乐。

埃玛带着汉堡，又把车开回到收容所。收容所的门已经锁上了，除了她在打开门时动物弄出的声音外，外面一片安静。她直接走向布朗宁待的房间。房间里漆黑一片，她听到动物发出的呜呜声，这里有好多动物：六只混种狗、两只米格鲁、一只年迈的德国牧羊犬、四只猫、一些有拉布拉

跳舞的狗狗

多血统的小狗、两只比特，他们被人收养的可能性都不大。

在听到狗叫和猫叫之后，埃玛对他们说："是我，安静。"她打开灯，手上还拎着油腻腻的食品袋。

她走到最里面的一个角落，拿出一张毯子铺在地板上，然后打开最左边的笼子。

"嘿，布朗宁。"她小声地叫唤着，"有空吃顿晚餐吗？"

去，帮我守着

跳舞的狗狗

　　齐普很高兴，农夫刚刚从农舍中走出来。每天早上，在夏日的太阳还没有驱散薄雾之前，他都会从屋子里走出来，大喊一声："嘿，齐普，我们开始干活。"说着，他迅速地猫腰走进牲口棚，出来的时候，手上就拿着喂山羊和鸡的饲料，然后就要把羊群赶出牲口棚，赶到外面的草场上。他们会在那儿一直吃草，直到中午太阳太大才会回来。

　　齐普在羊群前面跑来跑去，所有的羊都挣扎着努力让自己站稳，一边还大声地咩咩叫着。除了晒太阳，或者让主人抚摸她的脑袋和耳朵外，齐普最喜欢干的事情就是牧羊。她要负责看管这些羊，她从早到晚时刻都盯着他们。牧羊是她生活的重心，让她延续祖先的传统跟人类一起工作，为人类服务。

　　有些性格是她骨子里带着的，但是她也从弗莱那儿学到了不少东西。弗莱是农夫养的伯德牧羊犬，齐普跟弗兰一起在农场里长大。弗兰牧羊的时候充满干劲，也很有办法，但是在某个夏天的晚上，她跟他们一起躺下睡觉，之后就再也没有醒过来。

　　奇普不是伯德犬，她很孤独。她十分想念自己的伙伴弗莱。她看着弗莱牧羊，跟他学习牧羊的技巧，所以她知道怎么做。弗莱和齐普以前形影不离，天天在一起牧羊，日夜保护着羊群。弗莱很慷慨，和齐普一起快乐地牧羊，教授她经验，教她怎么了解羊，怎么赶羊，所以齐普像弗莱一样，自然而然地就喜欢上了牧羊的工作。齐普没有弗莱那么敏捷，也没他跑得快，但是齐普很有毅力，自信、有威严，所以能让羊群听她的话。

　　齐普喜欢看羊群们的反应。早上她和弗莱出现在羊群面前时，羊儿们会抬起头，紧张地聚在一起，他们会将齐普和弗莱跟牧草联系在一起，跟着他们快速地跑向草场。

总会有那么一两只羊要脱离羊群，吃更绿的草。弗莱会很快地把他们赶回来，必要的时候还会咬他们的鼻子，让他们听话。齐普知道羊容易惊慌。附近出现郊狼，其他的动物在灌木丛中移动，闪电击中树林里的树，飞机从头顶飞过，他们都会十分惊恐。这时，她和弗莱能立马感受到他们的惊慌，跑到他们前面，让他们回头，把他们聚集在一起，安抚他们。

齐普知道羊发现好吃的牧草时，会怎么低下头吃草，而当他们吃饱了，又怎么抬起头来。这个时候，就应该把他们赶到树荫下、水源边，或者牲口棚和围栏等比较安全的地方。羊羔喜欢玩，不愿意被管束。这让羊妈妈们急得都要发疯。要使这些羊羔一直待在羊群里，远离危险和天敌，很不容易。

齐普知道在公羊旁边时要十分注意，因为他们很好斗，爱占地盘。稍不注意，他们就会顶她。

在半夜，尤其是在炎炎夏日的夜晚，农夫会让她待在牲口棚外面的草场上。齐普会站在羊群前面，时刻防备着郊狼，他们经常偷偷地在周围潜行。齐普一看到他们，会立马站起来，跑上前与他们对峙，大声地叫着，努力地弄出声响，站在狼群和羊群间保护着羊。她能感觉到那些狼很胆小，只会投机取巧。只要她走上前和他们对峙，他们就会逃走。

农场坐落在一个郁郁葱葱的平坦的山谷里，四周环绕着平缓的青山。农场里有一间白色的大农舍，一片喂奶牛的草场，还有挤奶棚。农夫不让齐普靠近奶牛，因为他们很危险，会踢她。羊群则待在南边更大的草场上，有自己的门、篱笆和棚子。除了暴风雨或极冷的天之外，羊群大部分时间都待在外面。农夫一年接两次羊羔。每年有那么两三次会有卡车来，把一些羊带走。齐普不知道这些羊会被带到哪里去，因为这时候农夫会把她锁进羊圈。她被放出来后，再寻找那些羊，他们已经被运走了，从此再也没

跳舞的狗狗

有回来过。

羊跟狗不一样，跟奶牛也不一样。他们头脑简单，只会吃草、反刍、睡觉。他们从来不想接下来会发生什么，也不记得发生过什么。他们甚至不知道齐普在那里照顾他们，所以她经常要重塑自己的威信。他们记忆力不好，常常犯同一个错误：掉到洞里、被篱笆划伤、绊到石头、撞上篱笆桩，因此他们需要时时被照看着。

农夫很高，脸上饱经风霜。他每天都穿一样的衣服：系带雨靴、卡哈特工装裤、法兰绒格子衬衫、带帽子的运动衫和羊毛帽。他很温和、很自信、冷静，从来不会惊慌，也不会沮丧，齐普十分喜欢他的性格。这么多年来，齐普和他建立起了深厚和谐的友谊。农夫跟她说话时，总是很温柔，话也很好懂。他跟祖辈和父辈一样，从小在这个农场里长大，所以他对这儿的每一寸土地都很熟悉。他了解动物，不仅了解那些家畜，也了解狗。他知道怎么跟动物说话，知道什么会让他们害怕，也懂得怎么安抚他们。他的农场经营状况良好，这里所有的棚舍和草场都体现了这一点，动物们也十分清楚。这里的动物都很喜欢农夫，所以他们都各尽其职，各得其所。

齐普喜欢和农夫一起工作，喜欢他身上的气味，喜欢他的温和与善良。最重要的一点是，她喜欢农夫给她的工作。当农夫说"去，帮我守着！"或者"把羊赶回来！"，她就会很激动，心脏都要砰砰跳出来了。她立马跑过去，把羊赶到一起，跟着他们走到草场上，站在那里守着他们。

有时齐普能感觉到农夫有些沮丧。齐普没有弗莱跑得快，也没有他那么有天分。有时羊会跑到她的前头去，有时又不回头，或者独自跑到草深的地方去。这时，农夫会摇摇头，咕哝几声，走过去和齐普一起把羊弄回来。虽然农夫从没有对她大嚷大叫，但是她能感觉到农夫有些失望。

但是齐普确信自己是这片农场中最聪明的四条腿的动物。她比农夫还了解这些羊，她能闻到农夫想象不到的东西。看着他们的眼睛，就知道他们有没有感到害怕；看见他们抬头，就知道他们肚子是不是饱了；他们的蹄子裂开时，能知道他们的疼痛；他们在互相叫唤，或叫自己的羊羔时，能了解要表达的意思。甚至她能闻出怀孕的母羊的气味，知道他们什么时候要生产。

早上，她还能听到农夫的脚步声、浴室哗哗的水声。甚至农夫还在思考某个想法时，她就已经知道答案了。

齐普以前的生活可没有现在这么美好，她花了一些时间才开始相信农夫。她出生在附近的一家农场，那里的主人跟这个农夫很不一样。他脾气狂躁，让人害怕。他会冲她扔石头、丢棒子。齐普到现在还害怕棍子，一见到拿棍子的人，就会上前咬他。

弗莱到那家农场的时候还只是一只小狗，和齐普一起长大。他们很快就依赖上了对方。在那个农场，日子过得很艰难，他们俩相依为命。他们总是饥一顿饱一顿，主人很粗鲁，爱发脾气，有时会变得急躁，爱打动物。

不过后来，齐普的生活彻底改变了。主人卖掉了农场，来了一辆货车，有人在她脖子上套了根绳子，把她生拉硬拽弄上了车子，带到了另一个农场。当时她不知道，弗莱也到了这里。

新主人跟原来的主人一点也不一样。他很温柔，跟她说话的时候，会温柔地叫着她的名字。他每天喂她吃两次，给她洗澡，跟她说话，抚摸她的耳朵，有时甚至会吻她的鼻子。他还给她带了好吃的，各种饼干和饲料。这里的生活与原来的完全不一样，不过生活的重心还是牧羊。每天早上，齐普和弗莱把羊赶到操场上，跟他们待一整天，晚上再把他们带回来，晚上就睡在他们旁边。

一开始，齐普想跟着农夫睡在屋子里。她知道屋里有好吃的，她能闻到食物的香味。尤其是在下雨天或者天冷的时候，她很想进去。但是农夫在拴上草场大门的时候，总是转过身，用手拦着她说："只有人才能住在屋子里。"

好多年过去了,如今齐普已经记住农夫所有的口令:"过来";"去,帮我守着";"行了,齐普";"把他们带进来"。她知道什么时候把羊带出去,把他们带回来,让他们去另一片草场,把他们留在羊圈里。

晚上,所有的羊都吃饱了昏昏欲睡的时候,农夫会给她一块饼干,摸摸她的脑袋和背脊,谢谢她这一天努力的工作。

但是有一天,一只很像弗莱的伯德牧羊犬出现在农场里。一开始,齐普很高兴,但是这只狗跟弗莱不一样,他似乎根本不理会齐普。他的注意力完全放在羊群和农夫身上,似乎着了魔似的。

这只狗毛色黑白相间,毛皮光滑发亮,跑得很快,体长腿短。他跟齐普一点也不一样,齐普体型很大、骨头重、耳朵长。新来的狗紧紧地盯着农夫,农夫一下命令,他就迅速地作出反应。羊群也很听他的话,紧紧地聚在一起,盯着他的一举一动。弗莱在的时候,齐普也看过羊群有类似的反应,但是她自己就从来没有让羊群这么听话过。

农夫花很多时间跟新来的狗待在一起,带着他去院子里,和他一起牧羊,让他趴下、坐下、停下,这些农夫都没教齐普做过。

齐普很是不解,但是每天早上,她仍然把羊群赶到草场上,晚上带回来。但是后来,农夫把她留在牲口棚里,只带着新来的狗去牧羊。

齐普越来越心烦意乱。她很着急,有时候不愿意离开羊群,也让农夫给她洗澡。她甚至不吃好吃的东西,也不让农夫靠近她。

有一天,农夫来到她身边,跟她说:

"嘿,姑娘。我知道这让你很苦恼,我明白你不高兴,但是我这里需要这只狗。他是一只牧羊犬,虽然你是一个好姑娘,但是他能做你不能干的事情。我要增加羊群的数量,开一片新的草场,会有更多的羊羔。这对你来说,负担太重了。我会给你安排活干的,你总会习惯的,这对整个农场都好。"

齐普听不懂农夫在说什么,虽然从他的语气中,她感受到了他的鼓励和慈爱。他在告诉她一切都挺好，在安慰她。但是她知道新来的狗取代了她的位置，她被炒鱿鱼了。

突然间，齐普的生活节奏被完全打乱了。她放心不了，急得睡不着觉，一切都不对劲。新来的狗总是跟农夫待在一起，看见齐普只听过但是从来没理解过的东西。

一天，新来的狗，他的名字叫雷德，慢慢地跟着农夫从农舍里出来，走到草场上。

齐普惊慌地跑来跑去，但是农夫根本不理她，只是继续跟雷德在说话。齐普脑子里飘过很多的情景，羊群惊恐地跑来跑去，郊狼在周围偷偷摸摸地打转。她更觉得自己要保护羊群，觉得要照顾好羊群。

当农夫打开门的时候，雷德从齐普身边唰地跑过，直接跑向羊群，简直把她当成透明的东西了。开始，齐普都呆住了，感觉一头雾水。后来她的本能提醒她，要保护羊群。

她跑到雷德面前，低下头，一口咬住他的肩膀。雷德尖叫了一声，她盯着他，也大声地叫着。雷德似乎大吃一惊，他痛苦地跑出草场大门，跑向农夫。

齐普很骄傲能把雷德赶走，她大松了一口气。她等着农夫表扬她，以前她保护了羊群，农夫总会表扬她，但是这次，农夫却发火了。他向她丢了一根棒子，他以前从来没有这么做过，愤怒地对她喊道："齐普！你疯掉了吗？坏家伙！"

但是齐普的状况越来越糟。第二天，农夫和雷德回到草场的时候，齐普又冲向大门口。农夫又对齐普大喊，他用绳子套住齐普，把她拉进棚子里。他很愤怒，对齐普喊着："你着了什么魔？你要是继续这样的话，就不能出去。"

农夫把她锁进牲口棚里的一间房子里。

齐普崩溃了。她知道自己失败了，但是她却不知道自己是怎么失败的。

跳舞的狗狗

她只是做了自己一直在做的事，但是她还是被另一只狗取代了。

她在羊圈里待了好几天，听到狗和农夫走来走去，心里又急又恼。她不停地大喊大叫，但是一点儿用也没有。

农夫每天都给她吃的东西，但是就是不让她出去。她不肯吃，也不听农夫的话。她不停地撞着门，想用鼻子把门顶开，但是就是出不去。

齐普十分想念自己的工作，很担心那些羊。她开始变得有气无力，不吃不喝，连好吃的东西也不吃。无论农夫什么时候接近她，她都会往后退。羊群正在外面的草场上，时刻面临着危险，怎么能把她关在棚子里呢？

她知道农夫和雷德每天都会把羊带出去两三次，但是她不明白自己听到或感受到的叫喊声、命令声和移动声。羊群没有惊慌乱跑，也没有受攻击。他们去外面的草场，然后又回来。有些羊在呼唤着她，她也回应着。但是齐普没有听到痛苦的呻吟声，或是惊慌失措的声音，也没有闻到血腥味。

农夫经常来看她。她能感觉出他很担心她。她闭上眼睛，梦到了弗莱，梦到他们一起牧羊的日子。这只狗不一样。从农夫的动作中、雷德的行动中，她知道她跟雷德不能一起牧羊。

几天后，一辆熟悉的货车开进了农场。农夫叫货车司机"奥斯特霍德医生"。他会给她打针，看她的眼睛。齐普每每听到货车的声音，都想躲起来。通常，在货车来之前，农夫都会把她锁起来，以防她跑掉。

农夫和医生走进羊圈，农夫让医生给她做检查，探探她的鼻子，检查她的眼睛。检查完之后，医生笑了，但是农夫似乎有些着急。他跟医生说齐普袭击雷德，焦躁不安，绝食，倔强不听话。还有齐普竟然咬他的手。

"她没事。"医生说着，俯下身子，拍拍齐普的脑袋，但是她后退了一步，她决不妥协。医生从口袋里掏出一块饼干，递给她，但是她喷着粗气，不吃。

"你们的问题是，她不知道自己是头驴。她一直认为自己是狗。你牧羊的时候，她跟着你们一起，所以她以为自己也在牧羊，她不知道自己弄错了。现在你弄了另一条狗来牧羊，而她觉得牧羊是她的工作，所以对她来说，她被解雇了。"

农夫大笑起来。当然，齐普一直跟着他把羊赶到草场上，然后也跟着她把羊弄回来。

"那我该怎么办？"

医生收拾完自己的药箱，边往货车走去，边说："再弄头驴来，然后她就知道自己是谁了，她就会让狗牧羊了。"

几天后，另一辆货车停在了农场里。一头年轻的公驴——这是一头有四条腿，大耳朵，咳儿咳儿尖叫的家伙——从货车里走出来，被带到了草场上。

齐普跑上前，对他喷着粗气，咬他的肩膀，用后腿踢它。她都不知道自己是生气好还是害怕好。干脆，她就又愤怒又恐惧。

后来农夫把齐普和这个新来的叫作吉米的家伙一起关进棚子里，几天后才放他们出来。这几天，农夫就从棚子的窗子投些干草给他们，给他们时间，让他们彼此熟悉起来。

差不多一个星期后，齐普和新来的驴才出来，她又变得安静了。她和吉米跟着羊群小跑着来到草场，虽然羊跟他们一块吃草，但是齐普和吉姆总是待在一块。他们经常离开羊群，自己找草和矮树吃，他们接连几个小时安静地嚼着。晚上，两头驴一起回到羊圈，趴在稻草堆上睡觉，直到第二天早上，公鸡打鸣把他们叫醒。有时在晚上，农夫会带着他的收音机到牲口棚里来。他在修东西的时候，会给他们唱歌，时不时停下来，给他们吃些燕麦和苹果。

齐普仍然怀念弗莱，经常会想起他。

但是现在的生活也不错。

你是我的守护
天使

跳舞的狗狗

在参加完越南战争步兵师第四十五届老战友聚会几个月后，哈里·阿奇博尔德和妻子萨莉从俄亥俄的哥伦布搬到了佛罗里达的那不勒斯。在聚会上，哈里见到了自己的老伙伴，他们让他猛然醒悟，人生苦短，不能再在俄亥俄州苦熬寒冷的冬天了，是要享受人生乐趣的时候了，他和萨莉都应该享受享受了。

很快，他们在一个小人造湖边的退休社区安顿了下来，这个社区环境不错。他们买了辆带有两间卧室的拖车，一艘定制的木质摩托艇，可以在湖上自由航行，一辆道奇小货车，空调挺强劲，沃尔玛的一套露台家具，一张桌子带四张椅子和一把伞，一台大屏幕高清电视，还有一只名叫格斯的哈巴狗。

阿奇博尔德一家是典型的好人家。他们乐观快乐，慷慨大度。萨莉在当地的疗养院做义工，给病人们读报纸，还带饼干和汽水给他们，哈里则会帮寡妇修剪草坪，开车带完全不认识的陌生人去市场。邻居们都很信任他们，甚至把家里的钥匙留给他们，让他们帮忙喂猫。

哈里和萨莉以前养过一条狗。孩子们小的时候，他们在当地的动物收容所领养了一条走失的狗，但是几年后就死了，从此以后他们再也没有养过其他的狗。因为他们都忙于工作，照顾家庭，根本没时间照顾其他的动物，但是现在他们有时间了。

他们把格斯称作替代孩子，因为他们自己的孩子都不在身边。邻居也很爱他，每次带格斯出去散步或去邮局的时候，都会引起小小的混乱。萨莉开玩笑说，感觉就像是又养了一个孩子，但是又不需要真正地怀孕生他。

这对夫妇简直迷上了那艘小小的摩托艇。每个下午，萨莉都会做一些三明治，然后他们会开着船在湖里游荡。他们会把船停在社区的码头，买些汽水、冰茶和冰淇淋，和邻居们一起吃午饭。哈里尤其喜欢开着船，尽量往远的地方走。"就像是纳尔逊勋爵。"他总是这么对萨莉说，然后两人相视一笑。

格斯也总是跟着他们。他喜欢坐在船头，对着其他的船汪汪叫，似乎在命令他们让道。无论哈里到哪里，散步或开车去镇上，甚至在海外作战退伍军人协会打牌的时候都会带着格斯。

一天下午，哈里和萨莉在湖边散步的时候，哈里突然对萨莉说："我觉得格斯就是我们的守护天使，我想他是来守护我们的。"

萨莉泪流满面，说："哈里，你从来没有这么称赞过别人，连我都没有。"

萨莉喜欢在晴朗的下午，透过拖车的窗户，看着哈里躺在躺椅里，听收音机或读报纸。而格斯则趴在椅子边上，威严地盯着拖车停车场，只要有人来烦他们或者走进他们，他就会大叫。哈里经常给格斯读报纸上的头条，尤其是那些令人震惊的新闻，比如丑闻、政治新闻、体育合同谈判。萨莉敢打赌，哈利一定会逐字逐句地给格斯念有关老虎伍兹，以及他麻烦不断的婚姻生活的新闻。

哈里一直觉得自己会先走，也在一步步作着计划，所以萨莉开始感觉不舒服，腹部出现剧痛时，他有些惊慌失措。他有一种不祥的预感。

医生很快就诊断出萨莉得了胰腺癌，他们美好的田园生活一夜之间发生了很大的变化。战场上的死亡是一回事，家人的死亡又是另一回事。哈里知道自己要面临全新的挑战。

他还没完全准备好面对治病带来的梦魇。医生先让萨莉做化疗，之后又推荐她接受手术，所以她做了第一次手术，然后又做了一次。萨莉的头发掉光了，不能吞咽，不能睡觉，她很多时候都恶心、想吐。他们的一个邻居建议把萨莉送去临终关怀医院，但是哈里就连想一想都深感内疚，感

觉像是要放弃萨莉一样。

家里药物和医疗器械堆积如山,各种药瓶、饲管、特殊的枕头,还有医院的病床、特质的椅子、轮椅、助步车。但是萨莉还是一天比一天虚弱,一天比一天不舒服。

格斯似乎知道发生了什么,他跟着哈里和萨莉去医院,坐在车里,望着窗外,静静地等着他们。当萨莉发病的时候,他会坐在萨莉的床上,靠着她的脚。他似乎知道什么时候能接近萨莉,什么时候又该离开。

他像幽灵一样绕着哈里转。哈里从来不在萨莉面前流露出沮丧,如果他实在受不了,他就会带着格斯出门散步。他坐在船上的时候,头脑最清楚,最能想事情。他跟格斯说话,对他说临终关怀医院,想着萨莉还要受哪些苦。他有一种奇怪的感觉,觉得格斯在听他说话,虽然听不懂每个字的含义,但是能听懂大概的意思。

萨莉睡在客厅的病床上,哈里把他们的床也挪了位置,这样靠萨莉近一点,晚上格斯就会在两张床间跑来跑去。一天晚上,就在睡觉前,萨莉对格斯说:"你是我的天使。"

孩子们来了,又走了。他们有爱心,也能帮得上忙,但是他们不住在这里。哈里和萨莉严厉禁止孩子们插手自己的事情,但是格斯每时每刻都陪在哈里身边。

经过一年的手术和化学治疗,医生建议把萨莉送到疗养院去。那天下午,哈里把格斯带到船上,对他说:"我们已经没有办法了,孩子,我不能再让她受折磨了。"萨莉苦苦地哀求,请哈里不要把她送到疗养院或医院去,她想在家度过最后那一点时间。哈里没有办法,只好打电话给临终关怀医院。他们派来了一名社工,跟他们讨论萨莉的去留,格斯也坐在一边,认真地听着,似乎他也要参与做决定。最后他们决定让萨莉待在家里。

在萨莉的死亡这件事上,哈里和萨莉达成了一致意见。萨莉最后握着哈里的手离开了人世，完成了她最后一个心愿。格斯在萨莉的床脚一直看着，就在萨莉临死前，他跑开了，跑到另一间卧室，蜷在地板上，待了好几个小时。在他出来之后，他就像牛皮糖一样，紧紧地跟着哈里。

萨莉去世之后，格斯开始睡在哈里的身边，蜷在他的脚边。哈里盯着电视荧幕度过那漫漫长夜时，他就坐在他的大腿上。哈里感到心力交瘁的时候，就会带着格斯到船上，把船开向湖里，或者带着他在小区的小路上散步或者开车去海滩，听海浪的声音、看日出。

即便他们有医保和哈里的退伍军人福利，哈里还要支付三万元的医疗费账单，交完这些钱，哈里一贫如洗。如果有必要的话，他会去沃尔玛或加油站找份活来干。即使是上了年纪，他还能工作，如果他必须做的话，他会去工作。打仗是为国家做贡献，赚钱养活自己也是一种贡献。

哈里从来不抱怨，在孩子们打电话来的时候，他总是小心翼翼，让自己显得很高兴。

他总是说："我很好，继续过我的日子。虽然我很想念你们的妈妈，但是她也不愿意看到我整天没精打采的。"

其实，每次接完孩子的电话，他总感到很伤心。他知道他们之间缺了什么东西。每个人都在说自己很好，背书一样地说着自己一天干了些什么，孩子们一天都干了什么，但是哈里希望他们之间有更多的联系，希望女儿们和儿子能对他敞开心扉。但是，该死的，他自己都办不到，还能强迫孩子们办到么？

哈里喜欢在下午跟格斯一起开船出游，他决心要保持这样的习惯。在码头，他会跟格斯坐在一起，扔些自己带的三明治给他。哈里的胃口不怎么好。

有一次，在教堂做礼拜的时候，哈里感谢上帝送给他格斯。"如果没有这条小狗，我真不知道该怎么办。上帝，谢谢你。"

那个笑话已经成了一个信条。哈里相信，格斯无疑就是上帝派来帮助

萨莉和他的天使，让他们能安安静静、有尊严地度过人生最后的光阴。别人都是过客，说了该说的话、做了该做的事就走了，没人会留下，只有格斯始终待在他的身边。

当格斯开始变瘦，不停地呕吐的时候，哈里还以为他吃坏了肚子。哈里把他送去看兽医，医生把他留下，说是要观察一晚。那一晚是哈里到佛罗里达之后，第一次一人度过的晚上，真的很难熬。

第二天早上，兽医打电话来，说了一个不好的消息。格斯得了肾病，肾血管变窄，这种病可能会夺走格斯的生命。如果不治疗，格斯就会继续变瘦，吃不下东西，他的肾脏会衰竭。

兽医说要救格斯，有一种选择，但是这要冒很大的风险。在劳德代尔堡有一名动物肾病专家，他能在格斯的动脉里装支架，这也许能挽救他的生命。但是问题是这个手术很复杂，价钱很高，有时需要做两三次手术，而且还有可能救不了格斯。医生给了哈里劳德代尔堡兽医诊所的电话，然后就把电话挂上了。

这一次，没有医保，而且哈里的账户上也没钱了。

他抱起格斯，把他带到船上。他把格斯疲惫的身体放在船上的垫子上，打开发动机。船突突突地启动了，轧轧轧一下子冲到了湖中心。哈里关上发动机，让船停在那里，低头看着格斯。格斯正用他那黑色的大眼睛看着哈里，哈里感到眼睛里蓄满了泪水。

"你痛吗，格斯？我不会让你承受不必要的痛苦的！我要做你的天使。"他心里这么想着。

湖面十分平静，他的声音在湖上空回荡着。鱼浮上水面，吐了个泡，苍鹭在等待着鱼，鸭子把头埋进水中，寻找着食物。哈里从来没有觉得这么孤单过，就是在越南的战场上，也没有这种感觉。

他重新启动发动机，把船开回拖车那儿，抱起格斯回到屋里。格斯已经没有一丝力气了。一进家门，哈里就放了些粗磨食物给格斯，但是他不饿。

哈里拨了劳德代尔堡的电话，接待员说肾脏支架手术要 3500 美元，需要提前一次性付清。她还提醒哈里，说狗狗需要术后治疗，包括复诊、核磁共振、拍 X 光、吃药，他的后半生可能都要这样，总共加起来可能要一万美元。

哈里在电话里约了第二个星期去看诊。

他找出支票本，家里的钱原来都是萨莉在管，又从萨莉记账的桌子上拿了个便携式计算器。他算了算自己的社会保险、退伍军人福利、养老金。他的个人退休金账户里已经没什么钱了，全部加起来还不够。

格斯躺在他的大腿上，每当哈里需要帮助时，格斯总在他旁边陪着，现在他需要为格斯做些事了。

哈里拨了儿子理查德的电话。理查德是科罗拉多州的一名警察，他聪明稳重，一声不吭、认真地听完哈里的话。然后说："爸爸，我知道你爱这只狗。但是你现在没钱给他治病。他只是只狗而已。"

哈里说了声谢谢，挂了电话。他自己的父亲肯定也会说同样的话。这不过就是一条狗而已，你要现实些。他必须考虑自己财力，要现实。哈里走上露台，他喜欢这里的景色，喜欢旁边清澈的湖水和茂密的柏树。他觉得，在佛罗里达，每个人都有自己的一小片天堂。在那些晴朗的冬日，清风拂面，你会感觉自己摆脱了一切烦恼。

哈里觉得自己一生中想要的东西，都已经得到了。就是萨莉走得早了些，现在他希望格斯能继续陪伴他。他竟然对一只狗有这么深厚的感情，这在以前还真不敢想象。

一只怪模怪样的小哈巴狗，长着一双鼓鼓的黑眼睛，脾气还很暴躁，怎么就能成为某人的天使？

但是哈里相信，格斯是来守护他的。

跳舞的狗狗

哈里打电话给兽医,说:"我觉得我们应该让格斯接受安乐死,我没有那么多的钱给他治病。我们约在星期五怎么样?我还想陪他一点时间。"

医生同意了,还解释了安乐死的过程。要打两针,一针让他睡着,另一针则让他的心脏停止跳动,他不会感到任何痛苦。

一想到格斯会在他面前最后闭上眼睛,他心如刀绞。

在那一刻,他感到一阵愤怒。就这样了吗?连只生病的狗都救不了?

哈里和格斯坐在露台上,格斯没有对其他狗或者车子大叫大嚷,也没有蹦上蹦下,更没有像以往一样,对哈里颐指气使。

第二天早上,哈里起得很早,为格斯煮了燕麦粥。他惊喜地发现,格斯竟然吃了一大半。也许是里面放了枫糖的缘故,格斯可喜欢吃枫糖了。他听到外面有动静,就发出呜呜的叫声,哈里高兴得都想蹦起来了。

"你是一个斗士,对吧?格斯。"哈里对格斯说。

他自己走到露台上,格斯跟着走到了玻璃推拉门边,往外看着哈里,也想出去。

哈里回头望着格斯,紧紧地盯着他。"我不能把你送去接受安乐死,真的不能,你是我的一切。"

他走出门,捡起草坪上的报纸,带回屋里。然后又从萨莉以前记账的桌子上拿了只铅笔。也许生活就该是如此,你得不停地战斗。有时候是为了国家,有时候为了自己的小家,有时为了自己,有时则是为了你的狗。

他打电话给当地的报社,想要登个广告,纸质版和网络版上都要登。内容是:

出售

摩托艇:74马力发动机,船身和发动机状况良好

平板高清电视

露台家具：一个桌子，四张椅子，一把伞

低价出售

星期五早上十点庭院销售，欢迎选购

他还留了自己拖车停车场的地址。

星期五早上，他把格斯放在床上，关上门，打开空调。平常，只要陌生人走进拖车，格斯总会汪汪大叫，简直要把死人吵醒，但是这个早上，他连动都没动一下。

十点的时候，有十几辆车子在哈里的拖车旁停了下来。最后船和发动机卖了3000美元，平板高清电视800美元，露台家具500美元。

他还卖掉了爷爷送他的旧步枪，萨莉的项链，一些书，一个便携式音响，萨莉收藏的一打赫梅尔的小雕像，还有她的一盒特百惠盒子。

不到一个小时，所有的东西都卖掉了。哈里收拾起所有的支票，开车去了银行，把钱存了进去。之后他打电话给兽医，说他和格斯下午不去了，然后又去了五金店，买了个出售的牌子，贴在他的道奇货车上。他可以弄更小的车，如果就他和格斯坐车的话，不需要那么大的空间。

哈里打电话给劳德代尔堡的专家，预约了手术的时间。

动手术的那天早上，哈里四点钟就起来了，开车把格斯送到诊所。这家诊所很大、很漂亮，里面有很多高档的玻璃家具。

手术比预计的还复杂，手术费要7000美元。他知道做完手术就得把费用缴清，合同上是这么写的。

哈里在接待区找到了投币电话。他打电话给儿子，儿子说："我以为我们已经说好不给格斯动手术的。"不过最后，他同意往哈里的信用卡上打500美元。

"谢谢你，儿子。"哈里把前台的号码给了他，这样他就能告诉接待员

自己的信息，然后挂了电话。

他打电话给俄亥俄州的弟弟。这一生中，他从来没有求弟弟什么事，最后他弟弟往他的信用卡里打了1000美元。

然后他又打电话给一位邻居，告诉他自己愿意以350美元的价格把钓竿卖给他。那位邻居一直很想要他的钓竿，他也让他把钱打到自己的信用卡里。

哈里看到接待员已经有些生气了，因为她的电话一直在闪。她咕咕哝哝地抱怨着，说自己像是超市里的收银员，但是哈里不在乎。

终于接待员说钱够了。

哈里点点头，大大松了一口气。嘀，简直比越南战争还难呐。

夏天来了，哈里大部分时间都待在屋子里，但是这湿气还真难受。距哈里带格斯去劳德代尔堡看病已经过去六个月了，格斯其实动了两次手术，之前的大手术之后又做了一次小型的，总共花了9000美元。哈里的小货车最后卖了11000美元，所以他还有一些余钱，用来给格斯做术后治疗和买药。

手术很成功，格斯又恢复了活力，但是哈里的生活却发生了很大的改变。他留下了拖车，但是他移掉了固定电话，开始用手机。买走他大屏幕电视的那个人听说了格斯的故事，过来用月支付的方式把电视重新卖给哈里。哈里学会了做饭，在农贸市场里买便宜的菜，从报纸和市场搜集折扣券。格斯的点心变少了，哈里也是。

哈里的关节炎时不时会发作，他跟格斯出去散步的时间越来越短，次数也越来越少，但是他们都喜欢那台大屏幕电视。

下午，哈里会关上窗帘，坐在柔软的椅子里和萨莉讲话，告诉她这一天他跟格斯都做了些什么。

一天傍晚，炙热的太阳渐渐收起它的火力，格斯开始汪汪叫。他坐在门边，很不耐烦的样子。

"好啦，好啦。"哈里说着，站起身子，戴上大草帽，打开露台的门。一股热浪迎面袭来，但是格斯似乎一点也不在乎。他跑出后门，跳下码头，冲进小船。

哈里跟在后面慢慢地走着，停下来拿了罐健怡可乐和一些饼干。他们的新船是一艘脏兮兮的塑料小船，有一台小小的喜运来发动机，它就像是游乐园里小朋友们划的那种小船。

哈里弄了弄草帽，发动小船，开向湖中心。他看着格斯圆鼓鼓的肚子，手术的刀口愈合得很好。

他们到了湖中心，哈里关上发动机，坐着随小船自行飘荡。头顶上飞过一只鹈鹕，格斯对着他大叫。

"这不是你一个人的世界。"哈里对他说，"鸟也有权利待在这里。"

哈里拿出一半三明治，里面有花生酱和果冻。格斯盯着三明治，直接站起来，挪到哈里身边，可怜兮兮地望着哈里。哈里开始吃手上的三明治，不过也从另一半上扯了一大块，放在船板上。没过几分钟，他们都吃完了，在舔嘴边的花生酱，咂嘴的声音飘荡在水面上。哈里往水里扔了块面包屑，一条鱼浮出水面，张嘴咬住了它。

格斯抬头看着哈里，摇了摇尾巴，然后他又对着岸上的什么东西大声地叫着。哈里微微一笑，几个月以来，这是他第一次露出笑容，然后他开始大声地笑起来。

"格斯，你真是我的天使。"哈里说。

风渐渐平息下来，太阳也躲进了云层里，湖面一片平静。哈里感觉自己睡着了，陷入了一个梦境中，似乎开始摆脱这两年来的一直压抑自己的痛苦与恐惧。他感觉自己正穿过一片原野，原野笼罩在薄雾中，格斯正抬头看着他。格斯的眼睛一直盯着他，狗链垂在地上。在哈里的一生中，他一直是鼓着勇气完成那些正确的事，把自己的感觉和恐惧深深地埋藏在心中，勇敢地履行自己的责任。现在，所有的努力似乎都聚到了一起，呈现在他的面前。他承认有些时候真的很难坚持。但是他想到了他的天使，困难就消失了。

格斯会说：没事。没事的，哈里。你可以放开，你不需要再继续战斗下去了。我陪你走了这么远的路，我还会继续陪你走下去的。

会跳舞的狗狗

卡拉每周去哈林顿家两次，帮他们清理杂物、掸灰、清扫地面、扔垃圾，为他们家那两只傲慢的贵宾犬洗澡。

哈林顿夫人说她在家的时候，如果有人打扫屋子，会感觉心神不宁。但是她从来不出门，所以卡拉也没什么法子。哈林顿夫人不喜欢卡拉弄出声音，或者把东西搬来搬去，也不喜欢她打扰自己。如果卡拉有问题要问哈林顿夫人，她得把问题写下来，放在厨房的桌上。哈林顿夫人一周要打三次牌，在打牌前，她的脾气都很坏。不过他们给卡拉的薪水很高，每小时 30 美元。工资这么高，所以卡拉愿意每次花很长的时间，来哈林顿家打扫这幢宽敞的古式维多利亚风格的房子。

这里的工资比在沃尔玛、七十一便利店、塔吉特打工，或者在阿盖尔的工厂上夜班，把导尿管放进盒子里，然后把它们送到运送区等等地方都要高。她在超市工作的时薪只有 10.5 美元，为邮局兼职送信一小时也只能赚 12 美元。而在 40 号公路旁的小饭馆当服务生，一小时只有 2.15 美元，小费算上也没有这里的多。条件是如果小费加起来比最低工资少，饭馆老板负责补足差额。卡拉说，这是继布拉德·皮特对詹妮弗·安妮斯顿说生生世世永不分离后，她听过的最大的笑话。

卡拉很瘦，但是很结实。她有一头棕色的头发，为了做事方便，她把它剪短了。她的丈夫格雷格觉得她是个工作狂，但是自从克林顿遭弹劾后，他就失业了，所以卡拉必须工作养家。不过至少在卡拉外出工作的时候，格雷格会带着她的威尔斯柯基犬出去散步，尽管他们彼此都不怎么喜欢对方。

好工作很难找，尤其是在纽约州北部的小镇上，她又没大学文凭，所以即使哈林顿夫人有时看着她，就像是在看鞋上刮下的狗屎一样，她也忍下了。这是份稳定的工作，她需要这份工作。

一天下午，卡拉发现吸尘器的脏物袋用完了。活干不了，她一下忘记了哈林顿夫人的禁令，直接走到了客厅的门口。哈林顿夫人跟朋友们打完牌后，在吃精致美味的手指三明治。卡拉站在那里，清了清喉咙。哈林顿夫人抬起头，显然被这声音吓了一跳。其他三位太太则停止了讲话，不约而同地用勺子敲了敲她们的茶杯，发出清脆的叮当声。哈林顿夫人那只吓人的老猫，怒气腾腾地盯着卡拉，跳到了沙发上。

卡拉说："哈林顿夫人，很抱歉打扰您……"

哈林顿夫人十分恼火。她站了起来，没有直接走向卡拉跟她私下里说话，也没问她想要什么。只是冲着卡拉这边，气冲冲地说："卡拉，我告诉过你，我们在吃午餐的时候，不要打扰我们。你找我最好是有什么要紧的事。"

卡拉尴尬得满脸通红。"吸尘器的脏物袋没有了。"她说道，声音比预想的要高些。

哈林顿夫人僵了一下。"我现在没有办法。你应该看到了，我们在吃午餐，我们等下再处理。"说完，她坐下了。很显然，她让卡拉退下。

卡拉站在那里，羞愤难当，感觉自己就是个仆人。

她大声地说："我不干了。如果您不能解决打扫房子的事，那我也解决不了。我让您享用您的午餐，我马上收拾东西走人。"她转过身，想着哈林顿夫人那几个朋友瞪大眼睛，张大嘴巴吃惊的样子，边暗暗发笑，边走开了。

哈林顿夫人一般每次都会给卡拉留三张崭新的20美元票子。卡拉拿了两张，留了一张。那是留给她的小费，卡拉一边走向后门，一边这样想，

然后上了她的小本田，开车回家见她的格雷格和三只小狗。她的三只狗分别叫内德、萨莎、坎迪，他们有着宽宽的耳朵、短短的尾巴，走起路来摇摇晃晃，肚皮都贴到了地上。卡拉叫他们跳舞的狗狗，因为只要她一进家门，三只狗都会向她冲过来，争着抢着对她叫，舔她的手指和腿。

格雷格出门接她，她对他笑了笑。他们结婚已经九年了，但是她对他的爱意不减，依然像结婚的时候那么爱他。

格雷格手上拿着一罐百威，穿着无袖T恤和牛仔裤，光着脚。赋闲在家的生活让他长起了小肚子。

"嘿！"他说，"我昨天在车子的地板上捡到一张糖纸，我没跟你说不要到处乱扔糖纸吗？"

卡拉无奈地抬头看了看天，似乎在恳求上帝帮忙。她说："天哪，你自己不是满手是油地上车，要不然就是带着工具上车，车上到处都是油渍，我还没说你什么呢。不过是扔了张糖纸，你就冲我嚷嚷。"

格雷格耸耸肩，不以为意。他们每个月都会这么吵两三次，可能这一辈子他们都摆脱不了这样的争吵了。

自从十几年前格雷格被工厂解雇后，他就没积极地找工作，只是偶尔看看报纸上的招聘信息。每次看完后，他都会叹口气，抱怨一声："天哪，就业情况真糟糕。"早在经济大萧条发生前，格雷格就开始说情况很糟糕了，所以对他来说，就业市场的情况一直没有什么改变。他老是说，天天去排那么长的队等那一两份工作，有什么意思？

他在家也做了很多事，刷漆、做木工、装饰门，二月份的时候他就开始认真地准备猎鹿了，而这一般十一月份才开始。他经常跟卡拉说要做很多准备工作，擦枪、上油、上安全课程、练习寻找鹿的踪迹、和同伴勘察地形、研究泥地和雪地里鹿的足迹、获得猎鹿许可证。当然还有等待好的工作机会。

卡拉想，是的，也许某天你走狗屎运，等到了好的工作，但是他从来没有这样的好运气。不管怎样,格雷格似乎已经跟社会脱节了,这对卡拉来说,比失去收入还难办。

她也希望有小孩,但是因为身体原因,他们不可能有自己的小孩。为此,她感到深深的自责,有时她在想格雷格是不是也在怪她。不过她有自己的孩子,不是两条腿的而是四条腿的。他们不会哭嚷抱怨,觉得她很蠢,不停地打电话跟别人聊天,还有某一天想着要搬出去,组建自己的家庭,这样很不错。

"你回家干什么?"格雷格打着哈欠问她,"这时候收工也太早了吧,你没辞工吧?"

她把哈林顿夫人的话原封不动地说了一遍。

格雷格气愤地点点头,说:"那个狗娘养的,你炒她是对的。"

柯基犬见了卡拉还是一副欢天喜地的样子,惹得她一阵大笑。她拍拍手,跺了跺脚,他们都用后腿站立,绕着她转圈,边转边叫。

格雷格也笑了。"你应该在马戏团做表演。"说着,出了大门。

格雷格喜欢开玩笑说,卡拉喜欢他,但是更爱这些狗狗。在温暖的夜晚,卡拉有时会把录音机拿到院子里,让狗狗跟她一起跳舞。邻居们喜欢看他们的表演,还经常带孩子们来看。狗狗们转着圈,蹦上跳下,来回不停地蹦跶。他们会站成一排,一起跳舞,就好像在拉斯维加斯受训的演员。一听到卡拉的命令,狗狗们会围绕着她,后腿站立,看着卡拉扔的点心,不停地打转转。他们尤其喜欢伴着拉丁、乡村和摇滚音乐跳舞,这些音乐节奏明快,很有动感。

史蒂夫神父曾邀请她和她的狗狗参加教堂的婚宴。他们跟着艾瑞莎·弗兰克林动感版的《奇异恩典》翩翩起舞,轰动了全场。狗狗们喜欢艾瑞莎的歌。新人一家很高兴,给了她50美元。那时她就想,他们能不能以此为生,这样既好玩又能赚到钱。

卡拉走进屋里躺下,她的头在隐隐作痛,所以她拿了个冰袋放在头上,

跳舞的狗狗

想缓解头痛。她真想把哈林顿夫人给掐死,也许现在格雷格要走出家门,去找些活干了。

她走到院子里,邻居麦金尼夫人走过来跟她聊天。麦金尼一家住在旁边殖民地风格的大房子里。麦金尼夫人喜欢看卡拉训练狗狗,当卡拉让狗狗们站起来绕圈跳舞的时候,她对着自家的院子大叫着,院子里她丈夫在修剪树篱。"嘿,查尔斯,你不是说明晚参加莱昂斯俱乐部晚宴表演的魔术师得了猪流感吗?为什么不让卡拉带她的狗去?他们的表演很棒。"虽然没有应声,但是卡拉看到麦金尼先生盯着狗狗们看了一会儿,样子十分专注。

第二天早上,卡拉上网查邮件。一封邮件蹦了出来,标题是:"询问跳舞狗狗事宜。紧急!"

她打开邮件,看完之后,高兴得都要蹦起来了。

信上写着:"你好,卡拉。事关你的跳舞的狗狗,他们也许可以在我们莱昂斯俱乐部会员周年晚宴上表演。正如我妻子所说,我们原本预约了一名魔术师。昨天,他因病不得不取消预约,但是晚宴在今晚举行,我们找不到合适的替代者。我咨询了莱昂斯俱乐部宴会委员会的其他成员,我们一致决定向你们发出邀请。"

"今晚,在斯勒维尔附近的普雷托里亚酒店,我们有 500 名客人出席此次宴会,你有时间吗?昨天狗狗的表演给我留下了深刻的印象,能告知你们的出场费吗?我们在魔术表演上的预算是 1000 美元,这已经是我们能出的最高价了,谢谢。邻居,查尔斯·麦金尼,纽约州莱昂斯俱乐部节目部主任。"

卡拉迅速地敲了回信:"查尔斯,我们正巧有空。我们能去,1000 美元的出场费可以接受,谢谢。卡拉和狗狗们。"

她还在信尾附上了自己的电话,然后点了发送。

她随即感到一阵恐慌。她到底怎么想的,竟然同意在莱昂斯会员面前做大型表演?这个地区有头有脸的人都会去那里,狗狗们可没见过那种阵式。

不过她马上想到了她训练狗狗们跳《星条旗永不落》的那段舞蹈，国歌响起的时候，狗狗们围成圈跳起舞。格雷格看了他们的练习，都被感动得热泪盈眶。

电话响了，是查尔斯·麦金尼打来的。

"所以，可以表演？"他问道。

卡拉深吸了口气，然后说是的。"我从来没有在这么短的时间内接受过表演邀请……"

麦金尼先生说自己是县里交流会的董事，莱昂斯俱乐部会在全地区举办午餐会和晚宴，所以他们也许能获得更多的表演机会。

卡拉放下电话，高兴得尖叫起来。格雷格急忙跑来看发生了什么事。

"有人邀请我们去表演！1000美元呐！"

格雷格也兴奋地给了她一个大大的拥抱，抱着她转了个大圈。

她没有时间彩排，因为要开车赶到40英里外的斯勒维尔去。她稍稍打扮了一下——这么短的时间里，她只能做得这么好了——红色的漆皮皮鞋，闪闪发亮的超短裙，无袖短衫，还戴了一顶格雷格的旧牛仔帽。

卡拉有六个橙色的锥形路标和一些斜坡道，这是买来给狗狗上敏捷性训练课用的，他们之前上过一段时间。目前她手上只有路标、斜坡道和两个大圈这些表演道具。

卡拉不知道酒店有没有音响设备，所以把自己的录音机也带上了，还拿了两张CD，是夏奇拉和简卡洛斯的Buscame。她收起三条亮闪闪的项圈，把它们塞进包里，还往里面塞了一袋粗磨食物。她抓起装着肝脏点心和狗绳的盒子，牵着三条狗冲上自己的本田车。格雷格跟着出来，吻了她一下，抱了抱她，祝她一切顺利。

一小时以后，卡拉到了酒店，把车停在酒店后面。当她和狗下车的时候，一名保安出现了，大嚷着说狗不能进酒店。卡拉跟他说他们是来给莱

昂斯会员表演节目的,保安还一脸不信的样子。他跟对讲机那头确认了一下,然后就放行了。

在酒店里,卡拉找到了查尔斯·麦金尼。商量之后,他们决定把狗狗关在一间储藏室里,等晚宴快结束,轮到他们表演的时候再放出来。查尔斯领着卡拉沿着大厅旁边的一条走廊往前走,大厅里觥筹交错,莱昂斯会员们在吃他们的鸡肉大餐。

大宴会厅正前面搭了一个临时的舞台,比它对着的那几十张大圆桌要高一点点,莱昂斯会员、他们的爱人以及客人就坐在桌子旁。舞台有点窄,大概只有30英尺长、15英尺宽,舞台后面挂着一副缎子做的幕布,再后面就是后台。狗狗们从来没有做过这样的表演,卡拉有些担心。这里有音响设备,所以她就把自己的 CD 给了麦金尼。

"很感谢你能来救急。"麦金尼先生感激地说,然后告诉卡拉表演完之后就付钱给她。他还说,卡拉和她的狗狗们表演完了之后,莱昂斯合唱队要在舞台上唱歌,所以她的表演算是暖场。他说着,勉强地笑了笑。

"谢谢你给我们这个机会。"卡拉真诚地道谢。

麦金尼很快把卡拉带到了储藏室,问了问她有什么其他的需要,然后就急匆匆地忙别的事去了。

储藏室里有一台冰箱,冰箱的发动机在工作,一会儿嗡嗡响,一会儿又停下来。内德和萨莎似乎有些焦急。内德走向一个印着"餐巾"的纸壳箱,抬起了腿。卡拉对他叫着,让他离开那个箱子。坎迪则对着冰箱低声地嗥叫。接着头顶上的管子开始叮当叮当地响,卡拉和狗狗们都吓了一跳。

从冰箱的侧边,卡拉能看到自己的影子,看到自己的短裙和暴露的上衣,她觉得有点像拉斯维加斯的舞娘。她把亮闪闪的项圈套在狗狗的脖子上。

15分钟后,麦金尼打开门,说:"该你们上场了,我领你去宴会厅。"

卡拉觉得自己紧张得都要昏倒了。她深吸一口气,把狗狗身上的狗绳拿掉，跟着麦金尼慢慢走向大厅。他们站在外面，主持人正说今天有个特别节目要献给大家，一个全新的表演，"卡拉和她跳舞的狗狗"。卡拉听到大家低声咕哝表示惊讶的声音，还有稀稀拉拉的掌声。在麦金尼先生的示意下，卡拉打开走廊的门走了进去。

　　站在舞台上，她等着他们放音乐，但是没有声音。她环视宴会厅，看了看下面坐的200多名莱昂斯会员，很多人还在吃甜点，服务生忙着在桌子间穿行。大厅里的灯光暗了下来，两束灯光照在她的脸上，她一时间不知道要做什么好，幸好音乐声响起来了。

　　狗狗们期待地看着她，她拍拍手，拿了些点心，跺了跺脚，示意狗狗们开始表演。

　　但是狗狗们没有跳舞。

　　突然，内德和萨莎往她的左边跑去，而坎迪则盯着她的点心袋，等待着。

　　卡拉听到有些观众发出哄笑声，然后听到舞台后面传来"嘣"的撞击声，刚刚内德和萨莎跑到后台去了。有些人发出嘘声，更糟糕的是，不少人在大笑。

　　一名舞台工作人员出现在台旁，小声地叫卡拉，并用手指了指后台。卡拉叫坎迪到自己这边来，然后对下面的观众大嚷了一声："各位，等一下。"然后跑进后台。台下传来更大的笑声。

　　这两条狗似乎把两个搬椅子和讲台的工作人员吓住了，那些东西都掉在了地上。萨莎还怒气冲冲地对着后台的墙，内德则疑惑地打着转转。

　　卡拉拍了拍手，跺了跺脚，内德和坎迪往她身边靠了靠，但是萨莎却低下头，想把幕布给弄开。卡拉看了看外面的观众，抬起手，这是给狗狗们的信号。

　　突然，从音响里传来夏奇拉响亮的歌声，卡迪和内德用后腿站立，开始跳舞。但是他们转了两圈后，后台又传来撞击声，两只狗都冲下舞台，从刚刚进来的门跑出去了。

卡拉脸涨得通红，观众边咯咯大笑，边低声讨论着。这时麦金尼出现了，满脸是汗，一副不安的样子。真糟糕！

卡拉向台下鞠了一躬，忍住眼泪，叫萨莎一起离开。"嘿！"她大吼了一声，声音大得连大厅后面都能听得很清楚。萨莎抬起头，愣住了，那样子似乎才晃过神来。

萨莎开始两脚站立，跳起舞来。这时候音响里还放着夏奇拉高亢的歌声。萨莎边跳，似乎还在一边寻找着其他的同伴。

"不要跳了。"卡拉说着，把萨莎轰到了后台，赶出了门。出了门，她看到内德和坎迪也在跟着音乐跳着舞。卡拉拍拍手，把三只狗都牵回储藏室，麦金尼跟着他们进了储藏室。

他安慰卡拉："没什么大不了的，这种事经常发生。"他把CD还给卡拉，还给了她一张250美元的支票，说是"麻烦她，跑了一趟"。

卡拉打电话给格雷格的时候，忍不住哭起来。"我们这次太丢脸了，他们还没准备好做这样的表演，我竟然就让他们去做了。我真想一枪崩了我自己。现在，肯定没人再请我们了。"

卡拉到家的时候，格雷格正在讲电话，面上带着笑容，他甚至还跟狗狗们打了招呼。

格雷格对卡拉说："我刚刚打电话给老熟人弗雷泽，他在找人帮他运护根。一个月之前他就打电话找我了，我当时没理他。干一个小时14美元，时薪不高，但是如果我想赚更多的话，可以加班。"

卡拉惊讶得说不出话来，她从来没指望格雷格还会出去工作。

"但是，亲爱的，那可是开货车运护根的活。"这不是格雷格想要的工作，他有能力干更好的事。

格雷格走过来，双手搂过卡拉，给了她一个大大的拥抱和火辣辣的舌吻。

"卡拉，你不能被这一点点挫折打败了。这么多年来，我都在家闲着，你要去帮人家打扫房子，做收银员，赚钱养家。现在我应该出去干活了，你呢，要给自己机会，做自己想做的事情。我会帮你的。"

卡拉放声大哭。她紧紧地抱着格雷格，拍了拍他的屁股，格雷格脸都红了。

事实证明，格雷格其实很喜欢他的新工作。没几个星期，他赚的钱就能付房贷，负担大部分的账单。他开玩笑说，这样卡拉就能腾出时间组建她的表演队了。

卡拉决定充分利用各种机会训练狗狗。她跟当地一家伯德牧羊犬协会讲好条件，她帮协会打扫卫生，然后她可以在早上使用协会的敏捷训练场地。那里有各种训练道具：斜坡、锥形路标、大圈、表演台等等。

格雷格早上七点出门上班，但是卡拉五点钟就会起来，打扫屋子、做家务、上网、阅读训练指南和书籍。等到太阳出来的时候，她和狗狗们已经到了协会。她把办公室收拾干净，抹去办公家具上的灰尘，把垃圾篓里的垃圾倒掉。然后又到屋子外面，清扫狗狗的粪便，把锥形路标放好，确保所有的东西都摆到位。

一切就绪后，卡拉和狗狗就开始训练了。因为狗狗们注意力集中的时间短，所以卡拉决定每训练15分钟就休息一下。她训练狗狗用的点心是自制的，有切碎的动物肝脏和生汉堡，她还在肉里拌了点糖浆。她买了个橡胶的鱼篓袋，就是渔夫们用来放鱼的袋子，拿来放训练的点心。

她上网找到两家在佛罗里达表演狗狗跳舞的马戏团，他们很热心，跟卡拉讲了好几个小时的电话，讨论狗狗的日常生活和训练方法，尤其说了怎么让狗狗在面对很多令他们紧张不安的事情时，还能继续集中注意力完成自己的表演。

所以在训练的时候，卡拉会让其他的狗突然出现，在旁边汪汪叫，到

跳舞的狗狗

处乱跑，以训练那三条狗的注意力。有时候格雷格会开着装护根的卡车来，敲铁桶、跳舞、大叫大嚷，努力地制造噪音。其他的时候，有些人会带着他们紧张不安的伯德牧羊犬或澳大利亚牧羊犬来，就在卡拉的柯基犬面前上敏捷训练课。这时卡拉会往地上扔点心，让她的狗狗待在那不动。她还打开自己的录音机，播放刻有音效的CD，让狗狗们听人群发出的欢呼声，车来车往的声音，甚至是隆隆的雷声。同时，她要狗狗们在这一片混乱声中练习跳舞。如果他们能集中注意力跳舞，就能得到奖赏，吃到肝脏、汉堡、糖浆做成的肉球。如果他们跑掉了、移开眼睛、大叫大嚷或者回应那些刺耳、巨大、让他们分心的声音，他们就什么也得不到。没有点心，也没有表扬。卡拉也会离开他们训练的那个舞台，这个便携式舞台是格雷格和她一起做的训练用的舞台。

每天从早上七点到下午两点，卡拉要给狗狗做12次训练，每次训练时间为15分钟。每个小时开始的时候，她都会换一种舞或者换一种表演。首先，他们随着拉丁舞的节奏，跳着转圈；接着，他们跳上跳下，伴奏的音乐是"谁人"和"滚石"的摇滚乐。

她排演了一段《生于美国》的表演：狗狗们一开始从后台跑上舞台，跳过三个大圈，爬到跷跷板坡道的最上方，跳一段带动气氛的柯基犬版吉特巴舞。

接着是一支慢舞，内德和坎迪伴着格什温的曲子跳华尔兹，这支舞最后由夏奇拉的歌来做结尾，三条狗都冲上台，站成一排跳康康舞。在这中间，他们还会穿大圈，绕着锥形路标打转，然后绕着卡拉，围成一圈。而卡拉则在他们中间，抬起手臂，跳恰恰恰。

卡拉最后把表演的节目缩减成了三到四个，每天集中精力练习这几个。她给每个节目都取了不同的名字，伴奏的音乐也完全不同。每个节目，她的装扮也不一样。听着音乐，看着卡拉的装束，狗狗们就知道要表演哪个节目了。

卡拉试着联系邻居，打电话给学校，节庆举办方，甚至还找过纽约市的一个经纪人。很可惜，没人对他们的表演感兴趣。有一次，她在当地的《省钱一族》上打了个小广告，说自己可以为小朋友的聚会做狗狗表演。一星期后，她接到了一个电话。是一位名叫珍·卡什敏的女人打来的，她是位社工。

珍说她想带卡拉去绿谷疗养院老年痴呆症病房，让她和她的狗狗们给那里的病人作表演。那里的许多病人都报名参加了县里的临终关怀计划，他们都已经病入膏肓了。珍还说，卡拉需要提供狂犬病疫苗接种证书，而且他们要在狗狗和病人之间拉上一道铁丝网，以防万一，但是病人们都很喜欢狗狗，喜欢所有的动物。

珍说表演一小时可以付150美元的酬劳。

珍开始说的时候，卡拉说要考虑考虑。她一开始并不想去，不过最后她想，这是一次特约表演，是一次机会，她可以看看自己的训练成果。不管怎么样，所有的表演都要有一个开始。所以她接下了这份活。

一个晴朗的冬日，卡拉开着她的小货车来到疗养院。疗养院有大片的房子，都只有一层。她以前从这里走过成百上千次，但是从来没仔细观察过这个地方。

她深吸了一口气，给狗狗套上胸背牵引带，放他们出了车子。珍已经在大门口等他们了。

珍说："可以看出你很紧张。放轻松，他们会喜欢你的狗狗的。"

卡拉在门口做了登记，和狗狗一起穿过四条走廊。在走廊里，她闻到一股食堂都有的食物的味道，那就是土豆和汤。他们沿着长长的走廊走到尽头，站在一扇门前，珍输了密码。

珍解释说，门要上密码，因为有时候病人会变糊涂或者想要出去。"他们总想着回家。"

跳舞的狗狗

他们走进一个中庭，狗狗的爪子敲在光滑的油毡地板上，发出嗒嗒的声音。卡拉看到一个老人被绑在轮椅上，不停地喊着："玛莎！玛莎！玛莎！"他旁边的一个女人堵着耳朵，另一个则痛苦地抱着自己。两个坐在靠墙的板凳上的女人微笑着，对卡拉和狗狗挥手。其中一个兴奋地说："看！看呀！"高兴得像是一个进了游乐场的孩子。

珍把卡拉和狗狗们带到了一个用铁丝网围起来的地方，把他们和病人们隔离开来。一个女人马上走过来，蹲在地上。坎迪摇晃着短短的尾巴，直接走向她。女人用手捂着脸，惊讶地叫着："斯珀特，为什么？你以前是一只小小的狮子狗。看看你，现在怎么变成一只棕白色的大狗了，还有一双那么迷人的眼睛。"

坎迪不停地摆着身子，高兴得扭来扭去。

另一个女人摇着轮椅过来了。她微笑着说："这是我的狗，她以前就是我的。"珍对卡拉小声地说，她好几个月都没有开口说话了。

又来了一个男人，他恼怒地看着卡拉，说："你准备好接我回家了吗？我在等着回家呢。"

卡拉说没有，没有准备好。男人就伸着指头骂她，护士赶紧过来温柔地劝着，把他引到板凳上坐下。

卡拉插上录音机，拿出布鲁斯·斯普林斯汀的CD。《生于美国》的音乐一响起，狗狗们就用后腿站起来，一心一意地跳起舞来。

观众们的反应很奇怪，也是卡拉见过的最有意思的一幕。他们拍着手，转着轮椅，试着跟狗狗一起跳舞，高兴地大喊大叫。之后，珍打开门，狗狗冲出去跟病人们打招呼，他们则弯下腰拍拍他们，跟他们打招呼。

一个女人弯下腰，对着坎迪，鼻子都快碰着她的鼻子了。女人说："你这漂亮的小东西，让我想起了我的狗狗。我的雨果，我记得他。"护士后来说，这是麦坎德里斯夫人这么长时间以来记起的第一件事。

珍说："没有人来这里看他们，他们的家人甚至都很少来。看到狗狗，对他们来说就看到了外面的世界，这比我预想的还要好。"

卡拉和狗狗们花了一个小时的时间才离开这些病人。她的狗喜欢人们的关注。

珍和卡拉签了合同，让她和狗狗在这个地区的几家疗养院做表演，一周一次。他们说，每个月卡拉和狗狗做五次表演，他们付400美元。卡拉同意了。

两个星期后，卡拉接到了一个名叫哈里·阿凡提的人的电话。他说："我是奥尔巴尼当地的一名演艺经纪人。当然我不管布拉德·皮特的事情，但是我手下的活也挺有意思。我负责筹备婚礼、县里的展览、公司的会议等。我儿媳妇珍·卡什敏，她一直跟我说你在疗养院作表演的事。我在哥伦比亚县展览会和华盛顿县的展览会上都有特约表演。你们的表演很自然，两天三场表演，两个夜场，一个午后场，1000美元。如果这次成功的话，我还要举办十几个孩子的聚会。我从你们的出场费里抽15%的提成，我负责预约，帮你收钱。怎么样？"

卡拉人生头一次惊讶得说不出话来，她都不敢相信自己的耳朵。她高兴得想尖叫，但是发不出声音，只是呆呆地站在那里，像只金鱼一样，不停地把嘴张开又合上。

"卡拉？"

"我在考虑。"卡拉急忙回答，努力让自己保持镇静。然后说："好的，行，行。"

哦,"可怜"的"幸运"

跳舞的狗狗

皮特和萨莉的闹钟响起的时候,俩人还躺在床上,而小狗幸运一天的第一阶段就此开始了。他会跳上床,跟主人们打招呼。通常他会得到一个拥抱,但是今天皮特和萨莉在赶时间,他们跳下床,急急忙忙往浴室里冲,只是在他头上拍了拍。

幸运是一条棕色的小混种狗,长着大大的耳朵,粗粗的短尾巴。收容所的人们叫他"海因兹 57 号",因为他似乎什么事情都管。他们跟皮特和萨莉说,这条小狗似乎受过虐待,这坚定了他们把他带回家的决心。

皮特和萨莉从来没有想过有一天会领只狗回家,虽然外面有很多的狗需要一个家。幸运听得懂"虐待"这个词,只要他做错事,叫得太多,凶其他人,在地板上小便,看起来很伤心的时候,他就会听到这个词。通常只要他做以上的事,他就会得到更多的食物和关注,因此他开始觉得这是个重要的词。

每天早上,当皮特和萨莉在梳洗的时候,幸运就会躺在床脚,等着他们带他下楼。对幸运来说,下楼就意味着他马上就能吃到早餐了。不过在此之前,他们要把他放到院子去,皮特或萨莉还会在他屁股后喊:"好小子,幸运。上个厕所。"上完厕所再回到屋子里,那就是早餐时间了。

在有些早晨,皮特或萨莉会带他在附近散散步,但是只有他们不离家的时候,他们才会这么做。幸运会紧紧地盯着他们,看他们看向哪儿。如果是看向衣架,他就能出去散步。如果没有的话,哪儿就去不了。这天早上,他就去不了。

幸运不知道皮特和萨莉会去哪儿,所以他很着急,因为他们走了,他就看不到他们了。他常常会跑向门边,蹦着跳着想要跟他们一起走。有几次,他甚至跑过他们,冲到了车子边,但是皮特或萨莉总会强行把他带回屋子。

"回去,孩子。"皮特边说边俯下身安抚着他。

"每次离开他,我都很难受。"每天早上,萨莉把饼干扔到地上,安抚幸运的时候,总会这么说。"我敢肯定,他这一天都会很消沉。"

幸运看着皮特的眼睛,然后又看看萨莉的眼睛。当他们走去穿大衣的时候,他开始呜呜地叫,然后是汪汪大叫。萨莉低下身,拍拍他,说:"不要紧张,我们会回来的。"

皮特又给了幸运一块点心,安抚他。但是,幸运看起来还是很伤心,他知道这样子会让他们十分的心痛。当他们走向车库时,幸运会带着牵挂的眼神盯着窗外看。他不停地汪汪叫着,直到他们走进车子,开车走远。

皮特和萨莉走了之后,幸运一天的第二个阶段就开始了。

只要车子开出幸运的视线,他就把皮特和萨莉抛到了脑后。他们就那样消失了,虽然他整天都能闻到他们的气味,看到某些东西的时候也会想起他们的样子,但是其他时间他不会想到他们。直到很久以后,他听到他们把车子停在车道那熟悉的声音,才会又记起他们。幸运对看不见的东西没有什么意识,对时间的流逝也没概念,也不知道一个小时和一天的区别,而且他有很多其他的事情要想。

首先,他先去自己的笼子。皮特和萨莉把笼子开着放在厨房里,他知道他们不喜欢把他锁在笼子里,但是单独在家的时候,他喜欢待在里面,因为这让他有一种安全感,有机会闭上眼睛适应这个安静的地方。有时,听到汽笛的声音时,他会吓得躲进笼子,而飞机的声音也会让他紧张不安。如果其他的狗或者鹿靠屋子太近,他就会对他们拼命地大叫。

皮特和萨莉离开之后,他对这个屋子的想法就改变了。虽然一方面这

里很安静，但是噪音、嘎吱嘎吱的声音还有其他声音都显得那么大，而且一直在响。幸运走出笼子，去检查装食物的碗是不是空的，然后继续走向客厅。

屋子很大，有两层，但是幸运只喜欢待在特定的几个地方。每天，他在屋里绕好几圈，边走边仔细地观察。他对有面包屑的地方尤其感兴趣，还有气味。人类是很混乱的生物，喜欢到处乱扔食物、衣服以及其他东西。

每天，他能闻到的气味都不一样：食物、皮特、萨莉、虫子、陈旧的木头、屋顶上变化的瓦都散发出各种气味。他总能闻到新的气味，还有紧紧相随的臭味。幸运像学者一样孜孜不倦地研究着各种气味。每天早上，他总要费尽心思回忆前一天闻到的气味。

这天，他在烤箱旁边的瓷砖缝里，餐厅放披萨的桌子下的地毯边，客厅里皮特和萨莉坐着吃披萨的沙发里、沙发边上都发现了披萨屑。这是项很刺激的工作，要认真仔细地做这件事的话，真得要花很多时间。

接着他跳上沙发，观察外面的街道。沙发上的视野很好，外面发生的事能看得一清二楚。皮特和萨莉在家的时候，他们一般都不许幸运站在沙发上，他们根本不懂他为什么要这么做。

旁边的院子里，有人在挖洞，一只狗就坐在他们旁边。幸运立马对着那只狗叫啊吼啊，折腾了半个小时。那狗转过头来看着幸运，没有叫嚷，也没挑衅他。这两只狗多半就是让对方知道："我知道你在这儿。"开始的时候，幸运的叫声是警告那只狗躲远点，后来他安静下来了，再叫似乎是跟他打招呼，说："嘿，你好吗？"

看到那只狗腻烦了这种对视，幸运就会跳下沙发，在客厅里转悠，仔细地听猫弄出的动静，这猫总会出其不意地从楼上下来。唔，她还没出现。

幸运一天要做的事情随着天气的变化而有所改变。夏天，他有时候会爬到楼上，躺在浴室的地砖上，这是屋里最凉快的地方。而且他可以从抽水马桶里喝水，皮特和萨莉自然不喜欢他这样，但是他们很少能看到。冬

哦，"可怜"的"幸运"

天，他就喜欢去皮特和萨莉的卧室，跳上他们的床取暖。当然，床其实也是禁地。他还喜欢客厅里暖气的出风口，里面吹出来的空气很暖和、很舒服。

在楼上的浴室里，他听着水从水管里滴出的滴滴答答声。为了能听得更清楚，他还特地侧着头，仔细地听。他在想这些声音是从哪传来的，又要传到哪里去。但是这么长时间过去了，他还是没弄明白这个问题。不过这种熟悉的声音让他很自在，因为这是他的房子的声音。

回到客厅，幸运又爬上沙发，站在那里观察邻居的举动。猫咪萨莎出现了，她跳到一张沙发的靠背上，张大眼睛瞪着幸运。萨莎对幸运来说就是一个迷，大多数时间里，她根本不理会皮特和萨莉，对他们很冷漠。她似乎也没幸运那么聪明，能让皮特和萨莉为他做这做那，但是莫名其妙地，他们就是很喜欢她。她经常待在萨莉的大腿上，尽管幸运总是想着法子把她赶走，但是没有一次成功。

这天早上，萨莎出现的时候，幸运起初不理她。然后他转过头，跟萨莎对视，他们一般都会相互看着，持续很长时间，最后萨莎会先眨眼或者转开视线。但是这个早上，她没有眨眼也没有转开视线，只是微眯着眼，斜视着幸运。幸运低声地叫着，萨莎被吓着了。她嘶了一声，然后跳下沙发，消失在房子的某个黑暗的角落里。外面下大雨或者刮大风的时候，萨莎会出现，坐在幸运的旁边，只要不靠他太近，他都没有什么异议。

当幸运听到嘶啦的刮擦声时，立马跳下沙发，跑上楼梯，来到房子后面，走进一间客房，这间客房他从来没有走进过。这天天气温和，萨莉开了客房的窗子通风。幸运拐过弯，就看到一只松鼠坐在窗台里面。虽然皮特和萨莉从来没在家看到过松鼠，但是他们知道住在附近大枫树上的松鼠经常想偷偷溜进屋子，尤其是在天气暖和的时候。

幸运冲了过去，松鼠吓得"吱吱"直叫，转过身，飞快逃出窗子。幸运跳上床，冲到窗子边，叫着吼着，直到惊恐不安的松鼠爬上外面的大树，

再也看不见为止。

幸运在那儿等了几分钟,然后小跑着下了楼,他感到一种原始的满足感和成就感。每天总有那么好几次,鸽子或其他的鸟儿停在窗边或屋檐上,幸运会冲过去,叫嚷着把他们赶走。他一直都知道,屋子是他的,不能让其他人或动物入侵。这项工作挺紧张,因为一整天都要时刻保持警惕。

地下室的燃油加热器"咔嗒"一声开了,然后开始隆隆作响。萨莎飞快地穿过客厅,又不见了。有时候,她会跑到下面的地下室,但是幸运很少去。皮特和萨莉把地下室的门留了一条缝,方便萨莎去下面抓老鼠。不过幸运知道萨莎很少逮老鼠,她大部分的时候都是偷偷地在屋里走来走去,找那些能晒到太阳的地方,蜷着躺在那儿。

老鼠经常会上楼来。早上皮特和萨莉离开家之后,如果幸运安静地等在那里,就能听到老鼠在厨房的地板上窜来窜去,发出窸窸窣窣的声音。

这时候,他就会准备好逮老鼠。他会把头紧贴在地面上,维持那样的姿势,一动不动。

今天,他盯着地板,几分钟之后,就看到一个小洞里探出尖尖的鼻子,在不停地闻着什么。尽管家里的猫咪不懂老鼠,幸运可是了解得很。如果他一动不动,老鼠根本就注意不到他。

老鼠钻出身子,飞快地奔向厨房放食物的地方,还有面包屑经常掉落的地方。幸运耐心地等着,等到老鼠跑到半路的时候,就向他冲过去。老鼠一下呆住了,仓惶逃回原来的洞中,跑掉了。幸运使劲地嗅着,叫着,一副得意洋洋的样子。又做了件好事,真棒。

到倾听时间了,幸运走回笼子里。

他闭上眼睛,竖起耳朵,认真地听着周围的动静。他抬起鼻子,搜索着院子里以及屋子外面新的气味。老鼠们在地下室跑来跑去,一共有四只,是一家子。他们在漆黑的地下室里,从这头跑到那一头,找寻着食物。幸运没再理会他们。房顶屋檐下,蜜蜂在蜂房里嗡嗡飞;后院的大枫树上,

哦,"可怜"的"幸运"

小鸟在窝里喳喳叫。

他听到同时也闻到屋子前面,一只狗跟一个人在散步。他立马跑到前门汪汪叫,那狗跑开了。又一件好事。

萨莎轻快地跑下地下室,然后就听到那一家老鼠在下面的地板上四处乱窜,慌慌张张地跑出了屋子。

一只蛇在后院,正在打洞。那蛇停住了,扑向什么东西,抓住了它。他听不出那是什么东西,所以又叫了起来,不过那边静悄悄的,没有回应,然后他还听到一只鼹鼠在花园附近挖洞。

鸽子们和黄鹂们有的在聊天,有的从头顶的天空中飞过,有的停在树上,有的在筑巢,有的给小鸟喂食。幸运侧耳倾听着各种各样的故事,风儿的、飞机的、虫子的、猎鹰的,还有贪婪的乌鸦的。

远处有只狗在急切地叫着。他认识周围的每条狗,他们也认识他。他能分辨出他们的各种叫声,汪汪地大叫,呜呜地哼哼,也能辨别出他们的气味。附近的狗狗们总是互相分享自己的想法、故事和经历。皮特、萨莉和大部分其他人,他们都不会相信幸运知道他们不知道的事情。人们总是陷在自己浅薄的意识里,不去感受其他动物消磨时间的方式,也不能想象其他动物使用的语言。但是幸运一直用狗狗们自己的方式,跟其他狗交流。

他缓步走向沙发,跳上去,把爪子搭在窗台上,发出一声短促的嗥叫。那边马上传来狗的叫声,是在回复他,他的脑海里马上浮现出一些场景。路上有只猎犬,他刚刚跟其他小区的一只长耳西班牙猎犬交配。这是一次意外,他刚刚出门,就闻到了一股特殊的气味,然后就发现一只西班牙猎犬正待在她家后院里,所以他就跳了进去,但是那些人类都紧张得要死。

幸运则告诉他,自己刚刚把松鼠赶出屋子,还描述了萨莎见到老鼠的怂样。

街区尽头错层式的屋子里来了一只刚刚被收养的狗。他报告了屋子里的人对他做的事情,他感到困惑不解,十分惊讶。因为他们给他食物、点心、

玩具,还邀请他到他们的床上去,他不知道怎么办。幸运建议他直接看着人类的眼睛,在他们回来的时候就表现得十分兴奋,他们走的时候就装出伤心的样子,这样就好了。

幸运对他说:"人们都很忙,他们喜欢啰哩啰唆下一堆不同的命令。今天他们会为某件事感到烦恼,但是明天他们可能就不会为此烦恼了。但是狗狗们要以不变应万变,即使人类经常改变的时候,也要如此。"

远处一只拉布拉多提醒说,人类和狗狗之间存在着关爱,但是也存在着某种战争。所有狗狗们喜欢做的事,像交配、打架、吃腐食、在泥里打滚、寻找食物、给领土做标记、在花园里挖土等等,人类都不喜欢,都不准他们做。人类总认为自己在细心照料狗狗,但是狗狗们却不明白为什么就不能依性子做自己喜欢的事。

幸运说:这是一种交易。人类给你吃的、给你住的、照顾你,你就得放弃大部分狗狗与生俱来的习性。大多数的时候,这种交易还挺划算。他建议这只新来的狗不要抗拒,安心地接受。

幸运还说:重要的是要训练人类,让他们养成给我们点心的习惯。他很自豪自己有这样的本领,而且还很慷慨地把这个秘诀传授给了很多欣赏这种本领的狗狗。要练好这种本领,需要两个星期甚至更长的时间。头部动作和可怜巴巴的眼神加在一起才会引发人们最强烈的反应。他们看到狗狗这样的动作和眼神,可能会"啊哟哟"表示心疼,蹲下来,或者抱着狗狗的头,吻他们的鼻子,有时甚至会哭出来。幸运不知道为什么他们会这样,但是他知道这样的动作和眼神就能带来人类的怜惜。只要狗狗们练好了这种本领,他们就很有可能得到自己想要的东西,通常是吃的和人类的关注。

其他狗狗一致同意幸运的说法。又有狗狗建议说要装作很友爱,爱十分重要。人类似乎需要很多的爱,一旦狗狗对他们有友爱的表现,他们通常就会回报以食物、玩具,或带他们出去散步。一只巴吉度猎犬说人们把

哦，"可怜"的"幸运"

他留在家的时候，他总是很焦虑，但是不是人们想的那种焦虑。他并不怕一个人待在家里，但是人们回到家似乎就迫切需要他的爱。他们白天在外面到底遇到了什么事，为什么会这样？

住在这个街区中段的比熊犬说，他家住着一个小男孩，他曾经用鼻子撞开过他的房门。这个男孩很讨厌，经常欺负他，踢他、揪他的尾巴，所以比熊犬就在他的床上撒尿。因为男孩自己也经常尿床，所以大人不知道，比熊说自己还要这么干。他还搞到了男孩整晚都带在耳朵上的奇怪的东西，嚼坏了扔在床底下。以前发生这种事情时，大人总是教训那个男孩，并没有怪他。

其他狗狗听了，都让他小心些，不要经常在床上撒尿，不然人们会有所察觉。虽然他们的嗅觉很差，但是他们十分擅长推理。

有只洛特维尔牧羊混种狗住在公园附近，他每天都在等从前门缝里塞进来的报纸。一看到报纸，他就会把它撕掉，不让它进他的房子。他跟屋里的人玩的一个游戏就是，他们用各种方法堵门——椅子啦、铁丝啦、盒子啦、臭味啦，甚至通电的电线都不让它们靠近门。不过他很了解这个游戏，而且玩得很好。他连通电的电线都能对付，他能咬断电线，推开门，把报纸撕成碎片。为此，他受到了人们极大的关注。他们回到家，看到他做的一切，抓住他，对他大嚷大叫。真好玩，他很喜欢这个游戏。

一只拉布拉多贵宾狗在狗狗乐园跟另一只狗打了一架，耳朵被抓伤了，其实只是小伤而已，但是人却十分恼怒，和那只狗的主人打了起来。似乎狗狗间的打架让他们很生气、很恐惧，这一点所有狗狗都弄不明白为什么。打架是狗狗交流的一种方式，是维持狗狗间等级秩序的方法，没有什么不对的呀。

一只杂种狗得意洋洋地说自己终于咬了一个人的脚后跟。那人穿着红色衬衫、短裤、白色的鞋子，每天都会从他家门前跑过，入侵他家的人行道，这让他很恼火。这只狗耐心地等待机会，终于有一天他看到有扇窗子开着，

跳舞的狗狗

就跳了出去,追上那个人,一口咬在了他的腿上。那个人大叫着,还踢他。后来,跟他住一起的人也对着他大叫大嚷,之后就建了一排新篱笆。他不懂这些人为什么要这么做。

住在幸运家附近的一只伯德牧羊犬分享了自己的奇遇。人们把他从一家农场带到这间小小的房子,却不给他事情做,所以他只好在篱笆下挖洞,嚼咬门闩,不然他会闲得疯掉。可是人们却在他脖子上套了个项圈,只要他靠近篱笆,就电他,所以他计划着要逃走。其他狗狗对项圈和篱笆十分熟悉,有只狗建议说也许可以从后门溜出去。这只伯德牧羊犬说他要从篱笆那儿跑出去,然后想办法找到自己原来住的农场。

狗狗们互相抱怨着,交流着八卦消息,分享着各种新鲜事:有自己生活中的、家里的,跟天气、食物和垃圾有关的,邻居的趣事,以及自己如何努力适应人类不断增长的需要。老一辈们说着艰难动荡年代里的故事;拉布拉多分享着食物餐点的趣事;伯德牧羊犬则不停地唠叨着自己要做的工作、需要探究的事情;混种狗和被救援的狗谈论着他们在收容所的日子,以及在新家的新生活。

但是最后他们总会说到人类,那些掌控着他们生活的人类,那些他们依靠的人类。狗狗们会谈论他们奇怪的交流方式,他们急躁的性格,还有怎么打动他们,得到他们的食物和关注。

人们离不开狗。他们的生活中如果没有狗,一定会十分空虚无聊。幸运为那些整天一个人待着的人感到难过。

有些狗狗难以理解幸运的这种想法,他认为整天独自待在家里很累,因为要做很多事:要看着猫咪,留意鸟和老鼠,赶走靠近屋子的陌生人,听到汽笛和发动机的声音要大叫,还要和其他狗狗交流。晚上人们回到家,他才能放松下来。只有这时候,他才能安静地坐下来,安心地睡觉。

街道上一只牧羊犬在叫着,听起来很悲痛,幸运侧着耳朵仔细地听他在讲什么。他说的事情听起来很重要。他知道狗狗们很自我、很自私,但

哦，"可怜"的"幸运"

是这只牧羊犬在说到其他狗狗的时候，讲的东西很不一样。他说的事情似乎超出了一幢房子或一个庭院的界限。他告诉幸运及其他的狗，狗的生活变掉了。他们过着独居的生活，住在各自的家里，以前狗的那种群居生活正在消失。狗不再需要自己照顾自己，不住在洞里，不在一起捕猎食物。现在他们要做的事就是了解人类的需求，以获得食物和爱护。这种生活让狗丢失了很多东西。

听了这只老牧羊犬的话，幸运的内心澎湃不已。这位前辈说的一些话是真的。他从来没有在外面自由自在地跑过，没有交配过，出去散步的时候也总是被狗绳拴着。他一直都生活在有界限的地方——屋子、街道、公园，但是就是在这狭窄的空间里，他形成了自己的世界观。他喜欢自己每一天的日子，喜欢跟皮特和萨莉待在一起的时光，喜欢他在屋子里的秘密生活。

幸运觉得他的主人在外面的时候，肯定受到了虐待，因为他们每次回家都那么无精打采、情绪低落。所有的狗狗都很疑惑，跟他们住一起的人们在盒子和橱柜里都存放了各种各样的食物，但是为什么他们一天只吃那么两三次呢？他们会避开其他人的目光，躲进小小的房间干自己的事。通常只在晚上，而且是在固定的地方睡觉。他们几乎没有等待的概念，很少有消停的时候。

这时，一英里外的一只狗发出了每日必发的警告：蓝白色卡车来了。狗狗们想着法子要把它赶走。一整天他们都会收到陌生车子来的警告，这些车子中有蓝白色卡车、蓝红色卡车、棕色的卡车，发出巨大噪音的大大的卡车，这种车子会收拾垃圾，把金属罐弄得乒乒乓乓乱响，还有闪着灯、鸣着笛的卡车。

狗狗们都要把它们赶走，因为他们要保护屋子的安全。

幸运抬起头，听到蓝白色卡车拐弯，开到了街上，然后就没声音了。这车几乎每天都来。

跳舞的狗狗

　　他听到一个带着包的人出了门，开始挨家挨户地跑，往屋子前面的盒子里塞东西，或者把报纸塞进前门门缝里。

　　幸运叫着跑到门边，在那不停地打转转，想尽办法弄出很大的声音。"耶，成功啦！"那个人走了。幸运每天都会做这件事。事实上，这是他做得最长久、最重要的事情。他很自豪在自己的叫嚷声中，那个陌生的人"吓得跑掉了"。那人从来没有走进过屋子。

　　不过这么大叫大嚷之后，幸运感到很累，所以又回到自己的笼子里，打盹睡觉。

　　光线慢慢变暗，幸运感到肚子饿了。其他的狗狗都安静下来，各自忙各自的事去了。他又跳上沙发，坐在老位置上，看着窗子外面，观察那里的动静。萨莎出现在客厅的另一边，正坐在一把椅子上。

　　远处传来皮特和萨莉车子发动机的声音。他立马跳下沙发，在后门边蹲好。

　　附近其他狗狗也在叫，提醒着大家主人们回来了，他们马上就有吃的了，就能吃到点心，出去散步、玩球，去公园见其他的狗和其他的人了。

　　车子在车库旁的车道上停了下来，然后传来往屋子走的脚步声。

　　"哦，幸运！可怜的家伙！一天都孤零零地待在家里，真可怜！"

天生的一对

跳舞的狗狗

如果海伦能从动物收容所领养一只小狗回家，那她一定会喜欢学校每年组织的去动物收容所进行科学考察的活动。她今年12岁，从记事以来，一直就想要养只小狗，但是她爸妈不同意。对海伦来说，看着那些需要家的狗狗和猫咪，却不能带一只回家，简直就是一种折磨。这么多年来，她听遍了所有不能养狗狗的借口：妈妈可能会过敏；爸爸不喜欢狗；大家很忙，不能经常待在家里照顾狗；邻居可能会反对；养狗太费钱；他们会在花园里挖洞；到处掉毛；啃鞋子、桌脚等等所有的东西；他们吃垃圾；他们很脏，在污泥里打滚；很吵，会乱喊乱叫；到处滴口水。但是海伦认为，最重要的原因是，爸妈认为她责任心不够，不能照顾好小狗。

他们错了，不过海伦不知道自己有没有机会来证实这一点。

七年级的社会科学老师是沃朗迪克夫人，她在不停地催着孩子们下校车，走出停车场，去收容所大厅集合。在那里，一名带着徽章的工作人员跟他们介绍收容所的情况，比如谁资助这间收容所，收容所的动物从哪来，领养动物需要哪些流程等。海伦努力地听着他的介绍，但是旁边狗狗的叫声吸引了她，每一只狗狗似乎都在祈求着，让她带回家。

海伦是大家公认的异类，其实别的女孩子给她取的绰号比"异类"还恶毒。这么多年来，她已经学会像其他女孩那样，隐藏自己最脆弱的部分，不让别人知道自己真正喜欢什么。但是，她装作和别的女孩一样，喜欢最有人气的帅哥或者水果味的润唇膏，她特立独行，用古怪的行为来保护自己。

她不关心别的女孩穿什么，也不会和其他男生嬉笑打闹；不会在微博上广播自己生活中无聊的细节，也不在朋友网上贴私人照片或发布个人经历。在网络无处不在，人们时时能保持联系的时代，海伦似乎跟其他人脱节了。她跟其他的学生一样，浏览网页，查找与功课相关的信息，但是却讨厌同龄人十分热衷的社交媒介。对他们来说，自己生活中的每件小事都可以拿来分享，但是海伦却不这么认为。

海伦是家里的独生女，还没完全适应中学生活里复杂的社会关系和环境。她渴望有朋友，但是却不知道怎么交朋友。除了跟她一样的人以及关系不怎么太亲密的父母，只有动物不会嘲笑她。她一直都很喜欢动物，她很想要一只小狗，而且她是一只小狗。

老师之前把她和艾里斯分在一组。艾里斯是那种很受欢迎的女孩，一路上她几乎都没屈尊看海伦一眼，更别说跟她讲话了。但是很明显，艾里斯很高兴能来动物收容所。她站在同学中，一边伸长脖子四处张望，一边说："我都等不及要看这些狗狗和猫咪了。我喜欢动物，我们家一直养狗来着，但是我真的、真的很想要一只猫。"

海伦也很喜欢动物，但是却从来没养过。她没有打算跟艾里斯唠叨自己的心事，只是说了一句："我只是希望能有机会看到一些小狗。"说着，从口袋里拿出一块奶酪饼干，塞进嘴里。

他们要进去看动物了。沃朗迪克夫人警告说："记住，不要讲话，保持安静，排成一纵队。不要摸任何动物，保持队形。"

小狗朱利斯很孤单，人们在一间废弃房子的地下室发现了他和他的兄弟姐妹们，然后就把他们送到了收容所。其他健康的兄弟姐妹都被收养了，那些病重的都被弄睡着了。他是这一窝里唯一留下的一只，被隔离在收容所一间特殊的房间里。每天人来人往，看访其他的狗狗和猫咪，但是没有人来他住的房间看看。他只好待在笼子里，听着他们的声音，等待着。

跳舞的狗狗

　　一天前,他被撞倒了。醒来的时候,他发现腿很痛,被关在一个大大的白色笼子里,根本动不了。他哭着喊着要妈妈,要他的兄弟姐妹,他不想一个人待着。但是收容所的工作人员每天只进来两次,抱着他,给他喂食、上药,动动他的腿,真疼啊。

　　这天早上,朱利斯很警醒,时刻注意着病房的窗子,因为人们总会从那里经过病房。他渴望离开这间小小的房间,到外面去,去完成吸引他的使命,虽然他还不清楚那是什么。这是一种需求、一种本能,可能是他最强烈的一种本能。

　　这些人比经常来的人矮,大部分人就从他的房间旁走过。他抬起鼻子,闻到一股气味。这是一个小女孩的气味,闻起来有点像奶酪。

　　朱利斯的思维跟人的不一样,他没有什么系统的思维,脑子里只有一些零散想法和气味的记忆。他想到了小女孩的脸,心中顿时升起一种需求感、一种孤独感,想要和她建立某种联系。他感觉有种原始本能的冲动,促使他接近那个小女孩,那个引发他这种需要和感觉的小女孩。她是他的人,他残破身体里的每一个细胞都知道这一点。他内心深处有什么东西苏醒了,然后他便用他那年轻的声音尖声嗥叫着。

　　在走廊里,海伦发现跟艾里斯说话并不困难,因为她俩都喜欢动物。看到一只金色小猎犬,三只刚刚出生的小猫,一只有双巨大棕色眼睛的大丹狗的时候,她们同时"哇哦——"地发出了感叹。海伦发现艾里斯是真的喜欢动物,不是装出来的。她想,艾里斯这朵交际花,在她那深受大家欢迎的精致虚假的外表下,确实有颗聪明善良的心。也许,她是说也许,她们可以多接触接触。

　　这时,海伦听到一声虚弱尖锐的嗥叫,转头寻找叫声的来源。声音是从一扇写着"闲人免进医护室"的门里传出来的,这个叫声很急切、很独特,她似乎被它迷住了。不知怎的,她觉得那是在叫她。

海伦对艾里斯说:"听那只狗的声音!我要进去看一看。"艾里斯正在嚼着口香糖,翻看手机,看看有没有人在离开大厅后找她。

"没看见上面写着'闲人免进'吗?"艾里斯轻蔑地说了一句。

海伦有些吃惊,她以为艾里斯能理解她的想法,知道那声音十分吸引她,但是这个交际花却跑到队伍前面,加入她朋友的行列去了。海伦想,我早该明白我们不是一类人。

"不管她,我要进去。"她大声地说。

当沃朗迪克夫人和收容所工作人员把同学们带到收养区的时候,她按捺住激动得砰砰乱跳的小心脏,推开门,走进黑暗的房间。里面有点阴森,门在背后咔嗒关上的时候,她担心自己是不是犯了个错误。里面很暗,她看得不是很清楚,不过她能听到呜呜的低叫声和窸窸窣窣索移动的声音。在她转向声源的时候,看到了一双棕色的小眼睛,它们在走廊里透过来的微光中闪闪发亮。那双眼睛仿佛认识她似的,直接看进了她的灵魂。它们似乎在说:海伦,你去哪儿了?我在这等你等了好久。

这时,门突然开了,沃朗迪克夫人严厉的声音传进这间安静的房间:"海伦!你在这里干什么?你想留堂吗?马上出来!"

沃朗迪克夫人紧紧地抓住海伦的手臂,一把把她拉到走廊上。艾里斯和她的朋友们在咯咯地嘲笑她,海伦真想往艾里斯的背上粘一块口香糖,但是她知道自己做不到。她还不太明白什么是残忍,但是她知道自己总是被欺负的那一个。

沃朗迪克夫人把她带出收容所,让她待在校车里。她还给海伦的父母写了张条子,告诉他们海伦在学校的不良表现。她的父母肯定会十分惊讶,因为海伦比较听话,一般不犯错误,几乎不给他们找麻烦。海伦会跟他们解释说是自己一时糊涂,犯了错。

朱利斯的房间里,女孩的气味以及奶酪的味道已经消失了。但是她给

跳舞的狗狗

他留下了深刻的印象,她现在是也将永远是他的人,是他注定要生活在一起、要爱护的人。虽然他只是只小狗,但是他已经具备一只狗所有的本能。因为在那一刻,他们已经联系上了彼此。现在,即使他想忘记那个女孩,她也已经深深印在他的脑中了。她去哪儿了?他能察觉到她的沮丧、愤怒和悲伤。而且他也知道她感觉到了他们间的联系。他不停地抬起鼻子,寻找着女孩的气味,但是再也找不着了。

朱利斯先是呜呜地叫着要那个女孩,然后大声地嗥叫起来,但是他悲哀的哭声只是唤来了几位工作人员。他们围绕着他,轻声地安抚他,但是朱利斯没安静下来。他没办法让他们明白自己需要什么。

那天晚上吃晚饭的时候,海伦没有撒谎,跟父母说了实话。她说自己听到了狗狗的嗥叫,感觉到那只狗需要她。"我的狗在那里,那是我的小狗。我觉得他生病了,他需要我,我也需要他。"她解释说她在医护室发现了这只小狗。她还跟他们说,她要去收容所,看看能不能收养他。海伦的父母很吃惊,因为海伦很少开口要东西,更别说这么热切地要什么了。

她告诉他们:"那一刻很奇妙。我不知道为什么,但是我就觉得我们联系上了。我长大了,可以养小狗,也能照顾好他。"他爸爸又开始重复那些海伦不能养狗的理由,海伦捂住耳朵,气冲冲地跑回了房间。这次,她不想再听那些不是理由的理由。她的父母吃惊地对视着,不知道女儿怎么了。

"我从来没见过她这样子。"她爸爸困惑地说。

"她从来没有这样过。"妈妈也同样一头雾水。

海伦一直想养一只小狗,不仅仅是因为他们很可爱,更因为她跟小狗能一块成长。她知道自己需要一个伙伴,但是她根本不怎么跟同龄人交谈。现在,她不仅仅是渴望一只狗,她更渴望拥有那只在收容所里对她叫的那条狗。

后来，她下楼喝水的时候，看到妈妈坐在沙发上，似乎在等着她。

"海伦，我们要谈一谈。"

海伦拒绝了："不，妈妈，我不跟你说。我们一直都在谈这个问题。你们应该在我放学后，一起去收容所，去找这只小狗。我爱您和爸爸，但是您不知道我过得有多艰难。我需要他，十分需要他。"

第二天下午，海伦和妈妈到了收容所。因为海伦还未成年，所以不能自己领养小狗，但是妈妈让她跟收容所的人说具体的情况。对女儿的稳重和坚定的态度，她感到很惊讶。她从来不知道自己的女儿会有这样的表现。

海伦解释说自己误入了医护室，然后问是否可以领养那房间里的小狗。

收容所所长回答："他叫朱利斯，是只9周大的米格鲁。"顾问的项链碰着胸前的徽章，叮当作响。她看上去很难过："不好意思，你们还不能收养他。他受伤了，可能是被车子或摩托车给撞着了，右后腿被撞碎了。昨天刚做了手术，要打几个星期的石膏呢。"

海伦对着那个女人的眼睛，努力收回眼泪。"为什么不能领养他呢？"

女人在回答前，瞅了一眼海伦的妈妈，说："因为我们不知道他能不能挺过，如果他挺过了，还需要精心的照料。生病的狗狗不给领养，这是规定，谁也不能例外。"

屋子陷入一片安静中。最后海伦忍不住大哭起来，她妈妈抓起她的手，把她带出领养室，往收容所的主厅走去。

突然，她们三人都听到一声悲惨的嚎叫，十分尖利。这个声音穿过其他狗狗和猫咪的声音，传到她们的耳朵里。

海伦急忙转过头，大声地叫道："是他，是他！我要见他。"收容所所长看了看海伦的妈妈，然后摇摇头。妈妈就抓着海伦的胳膊，带她走出了收容所。

跳舞的狗狗

朱利斯闻到了那女孩的气味，也听出了她的声音。她又来了，他的嗥叫把她引回来了。他等着女孩来看她，但是她却没出现，所以他深深地吸了一口气，昂首向天，发出自己最大的叫声。

但是她又走了，她的气味又消失了。整个晚上，朱利斯都在呜呜叫着，大声嗥着，什么也不吃。收容所所有的人都安抚不了他，也不知道他为什么这么烦躁。

第二天早上，海伦六点钟就醒了。她给妈妈留了张字条，说自己必须要早点去学校，然后走了两个街区才到了公交车站。114路车，票价是两美元，正好经过那家收容所。

七点钟，她到了收容所，但是门还没开。她转到收容所的后面，四处看了看，放下书包，把它藏在一个绿色的旧料桶后面，然后从后面装货台走进收容所，但是碰到了一名保安。他坐在黑色门边的一张桌子旁，边喝咖啡边玩手机游戏。

"有什么事吗，小姐？"保安问道，语气中透着怀疑。

海伦红着脸，先是结结巴巴地说不出话来，而后又镇定了下来，很快地说："我是一名志愿者，小志愿者。我们班这星期来过这儿，我自愿早上来照料小动物，就是带他们散散步，和他们一起坐坐，喂他们吃吃东西。"

保安向她旁边看了看，问道："就你一个人来的？"

"是的，我妈妈开车上班，顺便带我来的。"海伦说道，暗暗惊讶自己竟然能把谎话说得那么溜。

保安发愁地看了看自己的松饼和咖啡，抓起电话，低声说了几句话，然后挂上电话。

他对海伦说："我和晚班的工作人员通了电话，他们不知道有什么志愿者。所以，小姐，我不能因为你的一面之词就把你放进去，而且你来看的那只狗今天就要离开了。我知道几天前你来过这儿。"

海伦听了，又震惊又伤心。她这种强烈而真实的感情打动了保安，他放下戒备，同情地对她说："他们跟我说要把小狗送到一家兽医学校去，在那里医生们知道怎么治疗他的腿。"

海伦点点头，抹干眼泪，问道："我能见一见他吗？就去跟他说声再见而已。我知道他在医护室，因为我第一次来这儿的时候，就是在那儿看到他的。"

保安抬头看了看钟，然后又看向她，说："我不知道为什么不行，但是如果没有人陪同，你现在不能进去。你可以在收容所开门后，有更多员工上班的时候再来。我不能让你一个人在收容所里晃荡。如果你迷路了，或者被狗咬了，我就得下岗啦。你也不想这样，是吧？"

海伦说，是的，不想。她对保安道了谢，往车站的方向走去，直到保安看不到她。她又绕了个圈回来了，站在门边仔细地听着里面的动静。一两分钟之后，她听到椅子摩擦地板的声音，她把门开了条缝，发现保安不见了，可能上厕所去了。她偷偷地溜进去，又把门给关上。

女孩一到收容所，朱利斯就闻到了她的气味。他还闻到了奶酪饼干的气味。他的叫唤又起作用了。他是社会性动物，喜欢人类，但是他对这名女孩有着特殊的感情，这种感情会延续一生。他本能地感到，他不会再跟其他任何人建立这样的感情了。

她在跟另一个人说话，那个人比她年长得多，声音很低沉。在他听来，小女孩很伤心、很孤单。他在笼子里站了起来，开始弄出叮叮当当的声音。他渴望见到这个女孩，他能闻到她的气味，听到她的声音，但是想象不出她的样子。他想念她。

朱利斯的笼子门开了。一个陌生的声音传来："可怜的东西。我会把它放在大点的露天围栏里，这样他能四处走动走动。看样子，他要在兽医院待很长时间呐。"

跳舞的狗狗

　　两只手伸了进来，温柔地把他抱出笼子。他们给了他一个辛辣的点心，把他带到大厅，然后放在一个较大的围栏里。围栏的地板上铺着锯屑，里面还留有很多动物的气味，大部分都是狗狗的气味。他只能慢慢地移动，受伤的腿很痛。他开始用鼻子嗅着，感受这里所有的气味，体会它们讲述的故事。这个围栏里发生的很多都是悲伤痛苦的故事，朱利斯感到有些恐惧，不停地颤抖。他小心翼翼地挪了几步，来到围栏尽头的门边。他嚎叫着呼唤着那个小女孩。

　　海伦似乎听到小狗的叫声。她找到医护室，打开门，里面很黑。她手脚着地，爬到小狗的笼子边。里面空空如也，他被带走了。

　　在他的笼子上贴着一个信封，上面写着："宾州地区兽医学校，研究实验室。"她拆开信封，里面的纸条上印着："朱利斯……公米格鲁犬……九周……多发性腿骨骨折……选作接受手术、复原和拉伸肌腱实验，如果可能，最终可以领养（re-homing）。"

　　海伦不知道 re-homing 的意思，但是真正让她担心的是"实验"一词。她的脑子不停地在想：兽医学校是不是要对他做实验？她听说有些实验室会对那些无家可归的狗狗和猫咪做复杂的手术。动物权益保护组织的人一直都反对这种实验，但是兽医们却争辩说，这是他们磨练手术技术，了解动物内部结构的唯一方法。他们还有什么其他的练习方法？海伦不知道，但是在她看来，在活生生的动物身上练习医术，这是不对的。

　　她打开另一只笼子，从里面抱出一只高兴地扭来扭去的小黑狗，是只母狗。她摸了摸它，然后又放回去了。她很可爱，但是她感受不到那只受伤的米格鲁给她的感觉，她不知道为什么。爸爸经常说，狗都一样，但是她不同意，这只小狗就不那么嚎叫。

　　收容所的工作人员开始来上班了，她得赶紧出去，她不能在这走来走去找朱利斯。她把门开了一点点，看外面走廊上没有人，赶紧顺着原路往回走。保安还是不在那里。她冲出后门，跑到停车场上。

内心深处、潜意识中有某种力量在催促着朱利斯，他把鼻子探进门闩，外面没锁住。他没有嚎叫，只是推了推门，然后又推了一下，之后就从那窄窄的缝中，将自己单薄的身躯挤了出去，那条疼痛的伤腿笨笨地拖在后面。虽然他的腿很痛，但是他还不知道痛到底是什么概念。他根本不记得不痛是什么感觉，疼痛对他来说似乎生来就伴随着他。

房间里没有人，通往走廊的门也是开着的。他走过其他关在笼子里的动物，有些很友善，有些则不然，有几只猫咪还向他发出嘶嘶的声音。他的走动引起屋里的一片喧闹，为了不让人发现，他一跛一跛地尽快离开这个房间到走廊上去。他闻到了小女孩的气味，兴奋地摇着尾巴，跟随这种气味去找她。他是狩猎犬，鼻子很灵，现在是开始工作的时候了。他还闻到了另一种气味，奶酪的气味，然后加快了步伐。

朱利斯拖着打了石膏的腿，顺着女孩的味道一直寻找着。即使身边围绕着其他的气味，那些气味里包含了很多的故事，但是他也顾不上了，一刻不停地往前走。

海伦很紧张。她妈妈知道自己不在家，老师马上也会知道她不在学校。大人不允许她一个人待在外面，她也知道爸爸妈妈会担心她。如果他们认为她走丢了或者离家出走了，可能会报警的。虽然从某种程度上说，她是离家出走了。

她十分担心自己到得太迟，救不了朱利斯。担心朱利斯已经在被运往兽医学院的途中，在那里他一生都要接受各种实验性的手术，根本体会不了家的温暖，还有她的爱。

眼泪顺着脸颊流了下来，她跑着穿过停车场，去旧料桶那拿自己的书

跳舞的狗狗

包。她拐过弯，然后就呆住了。在她的书包上面，正坐着朱利斯，打着石膏的伤腿怪模怪样地戳向一边。朱利斯一看到她，立马竖起尾巴，高兴地尖声叫起来。

海伦拔脚跑向他，一把抓住了他。"嘘！别出声。你竟然在这里，这是真的吗？安静，不然他们会听到我们的。"朱利斯的嗥叫变成了呜呜声，不过他的尾巴还是像螺旋桨一样在不停地转。海伦把他抱起来，小心地托着他的伤腿，他则舔掉了她脸颊上的泪珠。她闻到一股奶酪的气味，还看到有饼干屑从他嘴巴里掉出来。这小家伙找到她偷偷藏在书包里的饼干了。哇，这小家伙摸起来好柔软好舒服，闻起来好甜啊。

"我的狗狗，我的狗狗。"海伦用低低的声音温柔地说。她捡起一根棍子，在书包底下戳了个洞，然后小心翼翼地把扭来扭去的小狗放了进去。大小刚刚好，他的伤腿可以从底下的洞穿出，头则能从书包上方伸出。她把书包反过来背，这样朱利斯就挂在她的胸前，他能看见她，还能越过她的肩膀看其他的地方。他们看起来是那么的自然，似乎朱利斯就是由海伦这么抱着长大的。

但是海伦很害怕，因为她从来没有逃过学，撒过大谎，偷过东西，但是就在这几个小时内，这三件事她一口气都干了。

她从旧料桶后面探头往外看，然后又低头看着朱利斯。终于，他投入了主人的怀抱。他是一只快乐的小狗，愿意跟自己喜欢的人到任何地方，对他们充满了信任，内心十分满足。

海伦希望自己也有同样的感觉。

她听到收容所里传来一些叫声。工作人员肯定在找朱利斯，也许也在找她。门卫可能已经跟他们说看到自己的事，而她妈妈可能也已经打电话了，学校可能也有了反应。

但是她不会放弃的。这是她的狗，是上天送给她的，她不会放弃的。她低下头，吻了吻小狗的鼻子。悄声说："我们走，小家伙。"然后就在车子和树的掩护下，沿着停车场往外跑。在停车场边，她跪在树篱后面，左右观察着，确定收容所的工作人员没看到她。觉得四周安全后，她开始蹲着，然后沿着屋子后面的巷子离开了收容所。

她跑了半个街区，然后躲着观察一下。她先躲进了一个开着的车库，然后躲进一家电器店，还躲在公园喷泉的阴影里。有两次，她停下来，慢慢把朱利斯从书包里抱出来，让他撒尿，然后搂着他抚摸一会儿才又放回书包里。他看起来有点累，海伦在想他是不是需要上药。也许她做了件蠢事，把他从医生身边带跑了。或许她让他处在危险之中。

海伦自己也很累。在离家几个街区远的时候，她放松了警惕。她抱着朱利斯，光明正大地在街上走着。他睡着了，头垂着靠在书包上。

就在她拐弯转到自家所在的街道上时，她听到紧急刹车的声音，然后看到红蓝色的灯光在闪烁。

"站住，别动，年轻的女士！"

听到警察的声音，海伦呆住了。她偷了东西，犯了罪，但是她不想被枪毙。她也不想朱利斯被枪毙。

但是出乎她的意料，这名警察很安静、很友善，跟电视上演的警察一点都不一样。他走出车子，自我介绍说他是詹金斯警官，问她是不是叫海伦，有没有从收容所带走一只狗。海伦点点头，眼泪不住地往下流。詹金斯警官柔声地问是不是就是她怀里的那只，她又点点头。

他又问需不需要他送她一程，她猛地抬起头，惊讶地看向他。他说："只是送你回家，不给你带手铐。"

这是海伦记事以来最奇怪、最尴尬的一次乘车经历。她的脸羞得通红，低下头，躲过邻居和在街上骑车的孩子奇怪的目光。小狗蜷在她的大腿上，浑身发抖，他显然不怎么适应坐车子的经历。她从口袋里掏出一块奶酪饼干，自己吃一半，另一半给朱利斯。

警车停在海伦家的车道上时，她妈妈从屋里冲出来，一把抱住她。她

感觉自己的脖子都要断了,妈妈才放手。她向朱利斯介绍她的妈妈,虽然妈妈看着这只小狗的时候,脸上的表情有些缓和,但是她还是盯着海伦的眼睛,严厉地说:"要知道这只狗不是你的,你知道该怎么做吧?"

海伦点点头,哽咽得已经说不出话来,但是她不会让其他任何人带走朱利斯的。

爸爸一听到海伦失踪了,赶紧放下工作冲回家。海伦手上还抱着小狗,爸爸就一把把她拎到门廊上。他说:"海伦,我想跟你谈谈。你今天早上做的事情是不对的,我在想怎么处罚你。但是我知道你为什么要这么做,虽然我很生气,但是我很骄傲,你有这么大的勇气。我爱你,我发现自己对你了解得很不够。我要尽量地弥补。"说完,他给了海伦以及朱利斯一个大大的拥抱。

海伦的父母开车把她送到了收容所,詹金斯警官紧随其后。一路上,海伦都抱着朱利斯,不过一到收容所,她便放手让宾州地区兽医学校的贾菲医生给他做检查,看他的伤腿,给他上药止痛。有这么多人围着关心他,小狗似乎很开心,但是他的眼睛一刻也没有离开过海伦。如果有人试着把他带离海伦,他就会大声地嗥叫,弄得房间里所有的人都不敢动他。

收容所所长解释说,朱利斯太虚弱,还不能领养。"他需要接受手术,要精心的照料。我们不想让任何家庭把不健康的动物带回家。我们有责任照顾他,直到他康复为止。如果动过手术后,他还能活下来,就可以领养了。"

贾菲医生告诉海伦,兽医学校会免费为收容所的动物做昂贵的手术,然后再把他们送回来。学校不会在狗狗和猫咪身上做试验。兽医学院的学生只会在教师严格的监督下,对朱利斯的腿动手术,然后就会把他送回收容所,海伦到时就可以收养他了。贾菲医生看着海伦和朱利斯,微笑着说:"真像是天生的一对。"

收容所所长说,海伦从收容所偷走朱利斯是不对的。要是有人被咬着了，该怎么办？如果朱利斯的腿进一步恶化，需要照料，又该怎么办？生病的动物需要照顾，而且他们有可能很危险。

海伦边想着所长的话边点头。她没有想过朱利斯会伤害别人，但是她确实担心自己会让他处于危险之中。

她认真地说："我很抱歉偷了朱利斯。但是说实话，我没有真正把他从收容所带出来。我是计划来着，但是他不在医护室的笼子里，所以我就走了。他自己出来的，我发现他的时候，他正坐在旧料桶后面我的书包上呢。"

所长扬起眉毛，怀疑地说："我很难相信一只受伤的小狗，在没有帮助的情况下，能自己从围栏里跑出来，走出收容所，穿过停车场。我不是说我不相信你，但是海伦，你这编得也太离谱了。"

海伦明白所长就是不相信她，但是她不知道该怎么说，事情就是这么的匪夷所思。"这是事实。"海伦说着，感觉眼睛里有什么涌了出来。

所长说："好啦。如果你说的是真的，"她顿了一下，看了看海伦的表情，继续说："如果手术顺利，我也希望手术顺利，欢迎你申请领养朱利斯。但是我不能保证你能领养到，我们必须考虑最适合这只狗的环境条件，而且你们一家人必须都同意养这只狗。"

詹金斯警官站起来，俯下身吻了吻朱利斯的鼻子，说："我见过很多十分擅长说谎的人，但不管怎样，我认为海伦不会撒谎。"海伦红着脸不好意思地笑了。

然后他握了握她的手，说自己还要去抓更坏的罪犯，祝她好运。他眨眨眼睛说："年轻的女士，不要再离家出走，也不要再偷人家的狗了。下次，我可是要用手铐了哦。"

"警官，谢谢您载我回家。"她看向詹金斯的眼睛，诚恳地说。他微微一笑，走了。

海伦很惊讶，从各方面来看，兽医和收容所的所长都很和蔼。对于偷走朱利斯，她觉得有点抱歉，但是不是十分地抱歉，应该说没有真正地感

到抱歉。她现在比以往任何时候都爱朱利斯，她担心手术是否会顺利，也担心如果手术顺利，爸爸妈妈会不会让她领养朱利斯。一天内发生这么多事情，她又惊又怕，很是疲倦。

三个星期后，朱利斯回来了。海伦的父母到收容所，填了跟领养有关的表格，付了75美元的领养费。这75美元是从海伦的零花钱里扣出来的，是她旷课、离家出走、从收容所偷狗的惩罚。海伦还同意每周去收容所做两次志愿者，打扫狗狗和猫咪的笼子。她很乐意做这样的事。

兽医院的技术员把朱利斯的笼子从货车里拎出来，放在人行道上。海伦在屋里听到朱利斯的叫声，冲出来打开笼子，一把把她的小狗抱在怀里。在经历了如此多的波折和斗争之后，他们终于可以在一起了。海伦想，如果你真的渴望什么东西，一定会拥有它，也许这句话是真的。

兽医学校的医生们告诉海伦，朱利斯的膝盖里打了钢钉，以后走路都会有些跛，不过这对他没有太大的影响。他能出去散步、追着球跑、闻东西，能轻松地爬楼梯走到海伦的卧室去。他会跟海伦睡在她的卧室里。朱利斯年老的时候，海伦要小心，他可能会患上关节炎。此外，她要注意给他吃药，学会帮他按摩受伤的腿，给他做物理治疗。

这些都不成问题。海伦简直迷上了朱利斯，让她最高兴的是，她终于有了自己的小狗。如果在学校发生了什么不好的事情，只要一想到朱利斯，海伦就会很开心，就会露出笑容。每天下午，他们都会共享一袋奶酪饼干。她爸爸妈妈也意识到自己以前错怪了海伦，她的确能细心照料小狗。朱利斯每天晚上都跟着海伦睡。她在做作业的时候，他就趴在她的脚边；她看书的时候，他就蜷在她的身旁；他跟她一起散步，一起玩耍。海伦上学的时候，他就待在窗子旁边，看着外面，等着她放学回家。只要海伦走近屋子，她就能听到朱利斯的叫声。

海伦和朱利斯的联系给他们全家都带来了改变。妈妈仍然很惊讶，自己的女儿突然间成了她嘴里的那种"小狗突击队员"。爸爸似乎也用另一种眼光来看待海伦了。他对养狗还是不感冒,而海伦也知道这种状况可能永远都不会改变。虽然爸爸不太喜欢狗,但是没关系,只要她喜欢狗,他也没有什么反对意见。

朱利斯很聪明也很可爱,他总能让人忍不住逗逗他,摸摸他粉红色的柔软的小肚子。如果人们不这么做,他就会大叫。海伦解释说,他是在唱歌,有时海伦会跟他一起唱。妈妈说,这是她见过的最可爱的情景,爸爸也喜欢听他们唱歌。有一次,他们又在即兴唱歌的时候,电话响了。妈妈跑去接电话,然后把话筒递给女儿,小声说:"打给你的,是艾里斯,你学校的朋友。"

爸爸妈妈交换了一下眼神,这是头一次有学校的朋友打电话给海伦。

海伦不敢相信地看着妈妈,接过了电话。她羞怯地说:"你好,艾里斯。"

"嗨,海伦。"那头女孩应道,语气中没了以前的尖刻。"我听说你领养了一只小狗。以后放学,我能到你家来看他吗?"

海伦脸上露出了开心的笑容,说:"当然可以。他很欢迎你来。"

路人劳拉

跳舞的狗狗

劳拉·贾米森是亚特兰大市郊牙科中心的一名接待员。六年来，她每天都要沿着同一条路开车去上班。但是最近州里决定封闭高速公路，修筑新的天桥。这就意味着劳拉在未来的两年里，都得穿过一些乡村和农田，绕开大路，走乡间小路去上班。这一趟得多花45分钟的时间。

有些时候，她很痛恨修路，尤其是在雨雪天的时候。但是某些早上，她却不在意，因为沿途能欣赏到美丽的农场和牧场，不用看车来车往和单调的商业街。能重新接近自然，她感到很愉悦，在拥挤的亚特兰大，这可真难得一见。

在换上班路线三个星期后，她注意到了一间又老又旧的黄色农舍，农舍前面的树下用链子拴着一只黑灰色的狗。她看到这只狗的时候，车子都快驶离这间农舍了。好像有什么不对劲。在她家附近，狗狗有时会被放到院子里玩，但是从没有被拴在树上过。

那一整天，劳拉的脑海里都是那只狗被拴在树下的场景。无论是接电话、填保险单，还是叫病人进出牙医的办公室，那个场景都一刻不停地在她脑子里晃。

那天晚上，她梦到了那只狗。在梦里，几百个人开车经过农场，这只狗，似乎是只德国牧羊犬，被链子勒得都喘不过气来了。

第二天早上开车上班时，劳拉密切注意着路边的房子，然后在一片新的豪宅区旁边，她隐约看到了农场的轮廓。农舍墙面的漆已经开始剥落，屋顶上的瓦也掉了好几块。房前屋后的院子里堆满了破旧的杂物：旧拖拉机、犁、发动机、卡车和小汽车。

靠近农舍的时候,劳拉把她的丰田卡罗拉慢慢地停在路边。这间农舍十分破旧,好像被遗弃了一般,不过她看到右边,农舍后面远处的田里,有一辆红色的旧拖拉机。它的排气管正喷出黑色的浓烟,这里有人住。她关上车子的发动机,看了一眼右边。农舍前面有一颗巨大的老橡树,应该跟屋子一样老。一只德国牧羊犬被拴在链子上,链子有六七英尺长。跟劳拉记忆中的一样,这只狗是黑灰色的。链子有一部分缠在了树上,所以他只能往路边走一两英尺,再往前就会被猛地拉回去。他根本够不着水碗。

　　劳拉真的没义务去管这只狗。但是她还是走下车,慢慢地靠近他。她都不记得自己上次抚摸狗是多久以前的事了。他看到她,似乎很兴奋,叫着,摇摆着尾巴往前扑着,但是又被链子猛地拉了回去。劳拉担心链子会把他的脖子给扯断。

　　她伸出手,如果被狗咬了,她只能自认倒霉。

　　但是那狗却舔了舔她的手。她觉得这狗似乎一直在等着她,急切地需要她的帮助。她跪在草地上,抚摸着他的脑袋。他喘着粗气,下巴和胸前的口水都结成了块。他脖子上项圈周围伤痕累累,其中有一条很丑,还没有愈合。

　　劳拉解开挂狗链的钩子,把它从树干上绕开。为了松开链子,她绕着树走了好几圈,那狗就紧紧地跟着她,似乎很急切地想要解脱。终于,她松开了链子,然后俯下身看他脖子上破旧的项圈,上面的标签上写着他叫马克斯,而狂犬病疫苗注射标签上则标明他四岁大。

　　"马克斯,跟我来,过来。"她柔声地说,马克斯热烈地响应着。

　　狗链拉直的时候,劳拉低下身子,拍拍马克斯。他则又舔了舔她的手,望着她,眼神里充满了期待。

　　劳拉记起了自己的父亲。他是一名军人,六年前在伊拉克被炸弹炸死了。他一直对她说:"管好你自己的事。但是如果发现了什么不正确的行为,一定要纠正它。"

跳舞的狗狗

有时这两句话似乎是矛盾的，但是她知道父亲的意思。她要试着帮助这只狗。

她走回车子，从公事包里拿出一张纸和一支笔，写了张条子：

"先生：

您好！我发现您的狗缠在了树上。我帮他把链子绕直了。也许您没有注意到，他伤到了他的脖子。

路人劳拉。"

写完，她把条子投进了邮箱。

一整天，劳拉又在想着马克斯，然后她给自己最好的朋友尼基打了个电话。告诉她说："他的状况真惨。你得报告一下，这是一种虐待行为。"尼基十分热心，喜欢拯救动物，也救过很多动物：兔子、鸟、狗、猫等。如果路上有只河马，相信她也会毫不犹豫地伸出援手。

劳拉说自己不想和这事有过多的牵扯。也许农夫没有注意到，也许他看到自己留下的字条就会留心的。不过，劳拉在午餐休息的时候还是买了狗饼干，一管抗生素软膏。这是尼基的建议，如果农夫没有好好照顾马克斯，软膏和食物就能用得上。

劳拉还上网查了与拴狗相关的规定。规定上说，如果狗狗没有被勒死，主人没有不给他吃的和喝的，或者狗链不太短，把狗狗拴着是合法的。但是马克斯的确看起来像是要被勒死的样子，所以她打电话给县里的举报热线，留了言，不过没人给她回电话。

她下班开车回家的时候，天已经黑了，没看到马克斯。

第二天早上，马克斯没被拴在那棵树下。

之后的两天，劳拉也没见到马克斯，她想或许自己做了件好事。

但是那个周末，马克斯又被拴在了那里，链子紧紧地缠在树干上，他几乎都动不了了。

她立马下车，走近马克斯。又一次见到劳拉，他显得很高兴。劳拉四处望了望，但是没有看到任何人，便坐在马克斯身边。她从口袋里掏出一些饼干，给他吃了两三块。看到饼干，他乐坏了，三两口就把它们干掉了。

劳拉对马克斯说："我敢肯定，你一定很孤单。你整天被拴在树上，没有事情可干，一定寂寞极了。"

劳拉接近马克斯，抚摸他的时候，他显得很温和、很高兴。她看到马克斯的爪子很长，身上厚厚的毛都揪成了一个个死疙瘩，屁股上还粘着一些树叶和粪便。他身上的气味很难闻，牙齿上都是深黄色的污垢。

劳拉发现他脖子上的伤口恶化了，有一处似乎红肿发炎了。她便拿出软膏，在项圈周围抹了一些。他后退了一点点，轻轻地把嘴巴靠在她手里，似乎是在阻止她。但是劳拉没有停下来，马克斯也只是抬头看着她，然后就放弃了阻止的动作。劳拉都不敢相信自己竟然有胆量给狗上药。

她把水碗往马克斯面前挪了挪，他低下头急切地喝了起来。

那天晚上，劳拉上网查询了狗狗救援组织的电邮地址，写封信汇报了马克斯的信息。那些组织很快就回了信，内容大同小异，都对马克斯的遭遇表示很愤慨。

来自夏洛蒂的一个女人写道："这只狗在受虐待。你必须帮他离开那里。这不是盗窃行为，这是在阻止虐待行为，在保护狗的生命。"

劳拉一生中从来没偷过什么东西。

所以她回复说，不，她不会把他带走。这不是她的狗。

那女人又说："那就报警吧。如果警察管不了，给我们一个地址，如果你不把他带走，我们找人来。"

劳拉退出了那个网站。

第三天早上，她胆子大了些，带着马克斯围着树走了几圈，然后又留了一张纸条。

"我很担心您的狗。请好好处理他的伤口，不然我就联系相关组织了。
路人劳拉"

跳舞的狗狗

她仔细看向屋后，发现拖拉机在牧场远处的一个角落上。她又把纸条塞进了邮箱。

那天早上，她到了办公室，又给动物管理局打电话，仍然没有人接，所以她打给了尼基。

尼基说："听着，你不能把马克斯留在那里。我们要把他带走，救援组织会照料他的。他们有一整套运行机制，能把他带出来，然后送到北边给他找个好人家。"

劳拉问："你的意思是要我偷狗？这些事要我来做啊。"

尼基反问道："那你想怎么做？每天早上开车从那里经过，眼睁睁地看着他一点点地被勒死？"

第二天早上，劳拉在农场边停了下来。链子比以前长了点，但是马克斯又把它绕在了树上。看到劳拉，他又蹦又跳，显得格外高兴。但是劳拉却担心他跳得太高，把自己给勒着。她给他脖子上的伤口做了包扎，他的伤好了点。他似乎吃了东西，不再瘦骨嶙峋或者很憔悴。但是她感觉他的眼睛有些肿，似乎被打过。从邮箱上她知道农夫姓帕特森，她把他的名字记了下来。她让马克斯喝水、吃东西，还清理了伤口。他高兴得跳了起来，舔了舔她的脸。

劳拉真舍不得离开。

第二天，劳拉开车上班经过农场的时候，她强迫自己不要去看狗。当她下班回家的时候，她发现狗不在那里了。

接下来的三天早上，她都看到他了，不过没停下车来。

尼基问她马克斯的事情，她都闭口不谈，也不上网回复救援组织的邮件。也许是时候放手不管马克斯的事情了，所有能做的，她都已经做了。

但是每天晚上她还是会梦到这只狗。

几天之后，劳拉在电话簿上按照农场的地址找到了哈罗德·佩特森的电话，给他留了口信，说："佩特森先生，我知道这不关我的事，但是我很担心您的狗马克斯。他每天早上都被拴在树上,他看起来不是很健康。您能回电话跟我详谈吗?"她在报自己手机号码的时候,感觉自己的声音和手都在颤抖。

星期五,劳拉停下车,检查马克斯的状况。这次他把自己缠得太死,几乎都要勒死了。他的舌头都垂到了地上,项圈把他的脖子上的伤口又磨破了。

劳拉把他脖子上的项圈解下来,这狗一下跳到了她的怀里。她把狗带到自己的车边,打开门,让他躺在后座上。做这些的时候,她紧张得浑身颤抖,根本不敢往后看。

她转过头往农场方向看的时候,感觉似乎看到农舍楼上一扇窗子后的窗帘在动,但是没任何人出面,也没人喝止她。

就在她启动车子的时候,马克斯一下跳到副驾驶的位置上,偏过头舔她的脸。马克斯看起来很高兴、很放松,似乎劳拉载过他成千上万次一样。

劳拉打电话给老板请了假,然后把车开往她家附近的一间兽医诊所。她注意到自己竟然连条遛狗绳都没有,所以就把他抱进了诊所。

接待员怀疑地看着她,问道:"你有预约吗?"接待员解释说这不是家急诊诊所,只接收预约看诊的动物。

劳拉不知道怎么办才好。她感到一阵惊慌,然后就把马克斯带回车里,安置在后座上,自己坐进驾驶位。她正插进钥匙,一个穿着绿色手术服的年轻女人从诊所跑了出来。劳拉觉得她年纪很小,大概只有十八岁,她摇下车窗。

女孩说:"我叫玛丽,是这里的技术员。他被链子拴过,是吧?是你救了他?没有关系的。我是动物救援组织的成员,从他的样子就知道他需要帮助。"

劳拉真的不知道说什么好,所以只是点了点头。

玛丽往后退了一步,用手机打了个电话。然后回到劳拉的车窗旁,

将一只手扶在她的肩膀上,说:"你做得对。今晚九点钟在家得宝前面的朗德里商场,你知道那里吧?带上他所有的东西和狗粮。如果可以的话,请带上一点钱作为旅费和汽油费。这些女人没多少钱,但是跑长途很花钱。"

劳拉用恳求的目光看着玛丽,说:"我不是小偷,但是我不能把他留在农场,因为他看起来好可怜。我每天都能见到这只可怜的狗。"玛丽紧握住劳拉的手说:"没关系,我知道的,我们会好好照顾他的。你做了一件好事,不用再跟我解释了。"

然后她从窗外拍了拍马克斯,跑回诊所去了。

劳拉没有马克斯的东西,也没有狗粮。她开车离开诊所的停车场,这时马克斯又爬到了副驾驶的座位上。她来到附近的一家宠物店,买了一袋二十五磅重的粗磨食物,一个项圈,一条遛狗绳,一把指甲剪,一个刷子,一把剪刀,一张狗床,一些球,一个生皮磨牙玩具,把它们都放在车子的后备箱里。

那一整天,劳拉都跟马克斯待在一起,带他散步,跟他说话,喂他吃的,给他的伤口换药打上绷带。她为他从头到脚仔仔细细地洗了个澡,把他尾巴上黏着的芒刺,一团团的树枝和草减掉。他不喜欢剪指甲,但是最后还是让劳拉剪了。

给马克斯洗澡的时候,劳拉发现他浑身上下有几处一碰就痛的瘀伤,很多小伤口、刮伤和伤疤。他的大便似乎也不正常。他的一只眼睛看起来有些红,一直在流泪。

劳拉发现自己爱上了他。

马克斯似乎也依恋上了她,很喜欢她的关心和照顾。她知道如果九点钟不到商场停车场的话,她就再也送不走他了。她也知道,因为马克斯是她偷来的,所以他跟她在一起并不安全。如果警察发现他跟她在一起,他很可能要被送回去。

晚上八点四十五分，劳拉把车停在家得宝前面空空的停车场上，带着马克斯出了车子。她不知道要找谁，所以就跟马克斯一起站在车头那等着。

快九点的时候，一辆红色的小货车停在劳拉的车子旁。一名长着一头棕色卷发，身材粗壮的女人从车子里走了出来，对着劳拉伸出了手。劳拉听到货车里传来狗叫声。这女人穿着一件蓝色的运动衫，背后印着"救援：善待您的狗"的字样。

那女人说："我今天中午接到的电话，真是凑巧。其实我是从佛罗里达一直北上到新泽西，沿途领被救出的小动物的。就是这个家伙吗？"

她俯下身，仔细打量了一下马克斯，向他伸出自己的手，给了他一个动物肝脏做的点心。她花了几分钟，跟马克斯说话，让他熟悉自己。

马克斯好奇地看着劳拉，但是她却不敢看他的眼睛。

那女人点点头说："我带他走。"劳拉把马克斯的狗绳给她。她对马克斯说："过来，孩子。"但是马克斯停住了，回头望向劳拉，劳拉偏过头，不忍心看他。

马克斯从货车的另一边上了车子，那女人回来拿他的食物和玩具。劳拉给了她100美元，她感激地收下了。劳拉对她说："这是油费和饭钱。"她又问他们给马克斯做了什么安排。

女人说："在东北已经有两家人有意向要领养他。我们当然会先对他们做考察，虽然其中一家我们认识。那是一家农场，以前从我们这领养过狗，他们人很好。"

在领养之前，马克斯要在弗吉尼亚的一家志愿兽医诊所待一周，检查有没有长寄生虫。她告诉劳拉："如果他是被拴在农场里，那他很有可能患心丝虫病。兽医还要对他进行评估，确保他不咬人或者没有其他行为问题，然后就把他送到新家去，以后他将一直生活在那里。如果你愿意，我们会用电邮向你报告他的状况的。"

跳舞的狗狗

　　劳拉点点头。她觉得有点头晕,一方面因为马克斯要走了,而且她知道以后再也没有机会见着他了,另一方面也因为自己这一天的所作所为。

　　女人跟她说了再见,转过身,进了车子。

　　接下来几周,劳拉收到了好几封邮件,都没有回信地址,而且寄信人的名字每次都不一样。马克斯到了弗吉尼亚,在接受检查。他患有严重的心丝虫病,治疗的过程很艰难,差点没挺过去。不过他从昏迷中清醒了过来,已经完全康复了。他的肾有问题,多部位有挫伤,还有淤青。脖子上的伤口感染了,他的牙龈也有问题。

　　在停车场跟马克斯告别一个月后,劳拉收到了一张从纽约州罗契斯特寄来的明信片。明信片上,马克斯站在一个羊圈前面,看起来很高兴、很气派,他身后则是十几头羊。

　　明信片上还有两句很短的话:"马克斯很好,他谢谢你。"

　　无需细说,劳拉知道这是马克斯最后的消息。看到他变得健康快乐,她感到很高兴,同时也松了口气。但是她的良心还是感到深深地不安,因为马克斯是她从农场偷来的。她每天还是要经过那家农场,但是她几乎都不敢看那棵树。而每次不小心瞥到那棵树时,狗链仍然挂在树上,水碗则盖在几码远的地方。

　　一天傍晚下班后,劳拉把车停到农场的车道上,熄火,深深地吸了口气。然后她鼓起勇气下车走到农舍的前门,抓住门环,敲了三下。

　　几分钟之后,劳拉听到屋里有动静,门开了。玄关的灯光映出一个男人的轮廓,他又高又瘦,面色发红,60岁左右。他穿着靴子、牛仔裤和一件旧工作衫,上面似乎还有汗渍和油渍。下巴上长着胡茬,似乎有一两天没刮胡子了。他看起来很悲伤,也很疲惫。不过他额头上那一丛乱乱的白发,让他显得帅气又威严,就像是电视剧里西部的一名老警长。

　　"佩特森先生,我叫劳拉。"

　　老人点点头,说:"路人劳拉。"

她一下愣在那里。

"你在纸条里就是这么写的呀。"

现在她站在佩特森先生的面前了,反倒不知道要说什么了。

"你偷了我的狗,是吧。"老农夫像在陈述一个事实,而不是在问话。

一阵冷风刮过来,把她的头发吹到了脸上。农夫仔细地打量了她,然后示意她进门,躲躲风。

劳拉走进门,鼓起勇气说:"是的,我是偷了您的狗,先生。他目前在东北的一个农场里牧羊。那里的人们很爱他,他也很高兴。"

农夫的眼睛亮了起来,说道:"他在那里会做得很好的。他知道怎么牧羊,他以前在这里一直牧羊,一年前才不干了。"

"他生病了,有心丝虫病,脖子也发炎了。"

农夫盯着劳拉,说:"我收到你的纸条后,让他在家里待了几天。他从二楼的窗子跳出去,穿过厨房的纱窗,把自己弄伤了。无论你把他关在什么地方,他都能想办法跑走。没有办法,只好又把他拴在树上了。"

他抱着手臂,对劳拉说:"听着,路人劳拉。马克斯是我的狗,他是条好狗。我十分关心他。我打算卖掉这个农场。我的妻子两年前过世了,我的儿子们都不在农场里干活,我已经干不动了。我撑的时间已经够长了,但是牛奶的价格太低,所以我要卖掉奶牛。为了缴税,我把所有的羊都卖掉了。周围的地都用来盖房子了,我是最后一个离开这农场的。我一直在清整土地,打算把它们卖掉,我需要这些钱来偿还贷款和债务。我要搬到南卡去,我的两个儿子都住在那里。马克斯本来是要跟我一块去的。"

劳拉很是震惊,她没想到真相是这个样子。

他又说:"我承认最近对他的照顾不够,因为我自己的身体也不好。马克斯很聪明,总是想着法子出门,跑到马路上去,这不是在送死嘛。他总是咬断遛狗绳,所以我用链子把他拴住,我祖父和父亲都是这么拴狗的。这样,他就能待在外面,不用被关在屋里,也不会跑出去被车子撞着了。

跳舞的狗狗

我知道他脖子受伤了,但是我没钱送他去看兽医,抵押贷款我也偿还不了。但是我会找到照顾他的办法的。"劳拉说:"很抱歉。我以为我在救这只狗,但是现在我还这么想。"

农夫走出门,示意劳拉跟上他。一边走,他一边说:"也许你确实是救了这只狗。路人劳拉,也许你这么做是一个好的决定。很感谢你来这儿,我很担心马克斯。我报了警,说我的狗失踪了。一天早上你在这附近转悠的时候,一位邻居记下了你的车牌号,但是我没把你的车牌号给警察。我猜马克斯应该去了一个好地方。"

劳拉点点头。

"马克斯在这儿的时候,我很照顾他,吃的也很好。每天晚上,他都睡在我的床边。他有遮风避雨的地方,一年以前,他有很多工作要做,而且做得很好。也许你觉得我很坏,竟然把他拴在树上。也许我就是个坏人,但是这也许是另一种生活方式,只是你不能理解罢了。你没有权利评判这种生活方式,也没权利带走我的狗。"

劳拉能理解这位农夫在意识到自己没有能力照料他的狗时,是多么的困窘。其他人都说她做了件好事,也许她是做了件好事,但是看着这位老人的眼睛时,她很难确定自己是不是真的做了好事。

农夫抬头看向天空,然后转向劳拉。风吹过农场,老旧的农舍发出吱吱嘎嘎的呻吟声。

他说:"我很高兴他找到了好的归宿,真的很高兴。"他边转身向屋里走,边说:"我要跟你说再见了。你一定是鼓足了很大的勇气才来的吧,年轻的女士。以后不要再偷东西了,知道吗?"

"知道了,先生。"劳拉应道。

人骗不了狗

跳舞的狗狗

斯泰西从邓肯甜甜圈咖啡杯里抿了一口咖啡,看向调解人,想从他那得到一些建议。调解人却只是喝了一小口咖啡,继续整理手边的资料。

她现在最想做的就是离开这里。她讨厌这间房间,这是一间简陋的会议室,四周空荡荡的,只有光秃秃的白墙和两扇小小的窗子。窗外对着一家商场巨大的停车场。房间里,桌子中间摆着一株仙人掌,却是一副营养不良的样子。真不明白他们为什么要在俄亥俄州桑达斯基的一间会议室里放一株仙人掌。

墙上挂着两张照片,一张照片上是一些马,背景是纽约州北部萨拉托加赛马场(这跟放仙人掌一样匪夷所思);一张是附近杉点乐园的一座过山车。16岁那年夏天,斯泰西在那做过兼职。也是在那里,她遇到了杰米,现在正坐在她对面,面带忧郁,看着窗外,一副不耐烦的样子。

前面的两次调解糟透了,两人都愤怒地哭啊喊啊。第三次,事情终于解决了,他们达成了协议,但是杰米又破坏了这份协议。

斯泰西想:总该在一间好点的房间结束这12年的婚姻生活吧。也许不行,也许正好。

马上就要成为她前夫的杰米在打哈欠。他看起来心不在焉,似乎急着要回家。他跟律师说,龙虾屋老板缩短了他的工作时间,他在想办法卖掉自己的车子,找间便宜点的公寓。也许他会离开这该死的俄亥俄,到南边去,那里应该能找到好点的工作。他还说,自己没钱给斯泰西。

杰米讨厌工作。斯泰西知道,只要他母亲还活着,能从通用汽车公司拿到退休金,他就不会搬走。

调解人整了整文件，交给斯泰西，跟她说她无需免除杰米 9000 美元的款项，法官会强制他付这笔钱的。她不管了，只想尽快离开这里，所以她签了文件。

她抬手看了看表，离上班只有半个小时了。她在一家疗养院工作，做理疗师助理，帮助残疾的老年人康复，帮他们应对中风、事故、手术以及日趋衰弱的身体。她喜欢自己的工作，喜欢能真正帮助别人的那种感觉，即使最后结果都一样，这些人都会离世。她在那的时薪是九美元，但是需要面对很多的损失和痛苦，而她的朋友桑德拉在麦当劳炸土豆条，也赚同样多的钱，不过却简单多了。很显然，在美国，比起生病的老年人，人们更在乎自己的快餐。

回到车里，斯泰西感觉怒火中烧。杰米和他的新女友去佛罗里达玩了两次，买了新卡车，一台大平板电视。而她一个月赚的只够一个月花，信用卡几乎都要刷爆了，还在想着要找周末的兼职工作来补贴家用。他却一点也不在乎，现在她总算明白了，他从来就没在乎过她。

也许她再也不会发展另一段恋情了。也许她命中注定就要孤老一生，生不了孩子，当不了母亲。因为杰米不是她碰到过的唯一的混蛋。自从他们分居以来，她就碰到了一堆的混蛋。一个甩了她，她则甩了俩，而她喜欢的那个却爱上了男的。她坐在车子里，决定以后再也不碰男人。一股深深的孤独感袭上心头。

后来斯泰西说，有一只无形的手控制了她。

她发现自己正沿着 9 号公路往南开。而她工作的疗养院在北边，她住的公寓也在那个方向。南边只有一座新建的监狱，还有北俄亥俄动物援助联盟。

她给老板打了个电话，说自己在看医生，一时脱不开身，要晚到半个小时。

跳舞的狗狗

她走进收容所的大厅,在访客本上签了字。这不是她第一次来这儿,几年前,她来这儿领养了一只小狗,想给杰米一个惊喜。但是他说自己不喜欢照顾狗,还说他对有毛的动物过敏。她不相信他的话,但是她觉得把狗留下来对狗不公平,所以又把他送了回来。还有一次,她只是来看看供人领养的狗狗和猫咪,但是她没有试着带一只回家。

一进大厅,她就说:"我来看看可以领养的狗。"大厅里的一个女人笑着递给她一张表格。县里收容所的人跟一些私人援助组织的不一样,他们很温和,对别人也没那么多要求。很多狗被送到这里,他们不得不杀死其中很大的一部分,所以有人来看狗,他们都不作家庭调查。

一位名叫朱迪斯的工作人员和一名叫玛吉的志工,她们把斯泰西带到收容所后面的"互动室",在这里人们能见到动物,彼此互相熟悉。狗舍里有七只新来的狗:两只似乎是走失的宠物,一只是黑色的拉布拉多,一只是狮子狗。他们在这要待一个月,以备主人来找他们。这种情况通常发生在纯种的、被照料得很好的狗身上。另外有一只波士顿狗,带着悲伤的眼神。救援人员在一间公寓里发现他和他的主人时,主人已经去世好几天了。

一只罗特韦尔犬和一只混种狗还在隔离期,等着体检、量体温。第六只是一条受伤的小猎犬。他可能被汽车或摩托车撞了,警察把他带过来的。他们不知道他能不能挺过来。

"那第七只呢?"斯泰西问道。朱迪斯和玛吉互相望了望。

"那是多利。"玛吉顿了顿,说,"她是条大狗,可能是洛特维尔和比特混种。"

斯泰西等着她们继续介绍。

朱迪斯看着手上的文件,说:"她是一只很凶猛的狗,可以说是有点吓人。"

斯泰西笑着说:"这是好的方面,那不好的方面是什么?"

朱迪斯也笑了,说:"我们没看到什么不好的。她有教养,容易与人相处，是个小甜心。"

"她的教养真的很好？"

玛吉浏览着自己的笔记，说："是的。她受过良好的训练，听得懂最基本的命令，很健康、很强壮。"她又说："但是我们不想随随便便把她送走，领养她的人必须知道她的情况。"

"什么情况？"

玛吉解释说，人们是在桑达斯基社区学校的校园里发现她的。这个学校在镇子边上，占地面积有100英亩。很显然她被遗弃了，她一直在外面流浪，在垃圾堆里找吃的，学生们有时在停车场旁边留些食物给她。

多利渐渐成了这所学校学生心目中十分神秘的动物。一名在收容所做志工的学生，用一块牛排把多利引进了笼子。她当时肯定是饿坏了。

几分钟后，三个女人沿着走廊来到一扇厚重的金属门前，上面贴了"请勿进入"的告示牌。玛吉推开了门。

多利确实是一条很大的狗，长着罗特韦尔犬的身体，比特犬的脸庞。她的脸宽大方正，肩膀宽阔有力，看起来很是凶猛。

不过，斯泰西觉得她很漂亮。她浑身雪白，长着一双圆圆的蓝眼睛，斯泰西从来没在其他动物身上看到过这么漂亮的眼睛。

玛吉说："很少有人愿意领养比特犬。如果没有人领养多利，她可能就要接受安乐死了。"

但是因为经济状况，斯泰西不能领养她。她对朱迪斯和玛吉道了谢。她们说可以理解，如果你还没有准备好的话，最好不要领养她，否则对狗没什么好处。

斯泰西走出收容所，开车回去上班。一路上，她都在骂杰米混蛋。她就指望着杰米的那笔赡养费还卡债、修车子。为什么他总是、总是要让她失望？

那天晚上，斯泰西做了一个梦。梦里，多利在收容所待了好多天，最

后兽医来了,宣布她不适合领养,然后把她带到医护室,给她打了一针,她就死了。之后这只狗说了一句话:你为什么不来救我?

她猛地从床上坐起来,吓得浑身是汗。

第二天一早,她就开车去了收容所。在停车场坐了一刻钟,才看到玛吉来了。玛吉看着斯泰西走出车子,便笑着对她说:"早上好。"

一小时以后,斯泰西开车带着多利离开收容所的停车场,回家。多利安静地坐在后座上,看着车窗外的建筑和车子。偶尔,她会转向斯泰西,用好奇的目光打量着她。

在多利的脸上,斯泰西看到了自己内心的渴求,她需要有人爱她、陪伴她。

回到公寓,多利表现得十分温和。她喜欢趴在地板上,不怎么上沙发、不挑食。她有时会像埃及塑像一样坐在斯泰西的脚边,安静、威严,似乎陷入自己的世界中。

斯泰西第一次带她去公园散步的时候,有个男人从旁边走过,她身上的毛全都竖了起来。她安静地让小姑娘抚摸她,但是一个男人从旁边跑过时,她就要扑过去追咬他。一些人,尤其是那些带孩子的人看到多利走近时,都不由得往旁边躲,前面一下子就清出一条道来。

有天下午,杰米像以前一样,没打任何招呼,没受任何邀请就跑过来了,他来问能不能从地下室拿他留在盒子里的唱片。多利直接从纱门蹿出来,一路追着他跑。他吓得从自己货车开着的窗子跳了进去,脚却被多利咬住了。多利回来的时候,嘴里叼着杰米的一只耐克鞋。她一边把战利品秀给斯泰西看,一边骄傲地摇晃着尾巴。然后她又跑到货车旁边,抓着车门,在车窗上留满了口水印子,杰米则吓得躲在车里尖叫。

他打斯泰西的手机,气愤地说:"斯泰西,你怎么回事?你一定要丢掉那只疯狗,不然我就告你。他妈的,她竟然咬我的鞋子!"

人骗不了狗

斯泰西对他说了句抱歉，然后说已经从那9000美元的赡养费里扣除了鞋子的钱，还有下次来她家之前最好先打招呼。

一个月之后，多利完全适应了新的生活，她们也形成了一套新的生活模式。斯泰西感觉自己也重拾了一些信心，决定出去约会，发展新的恋情。

她第一次约会的对象叫卡洛斯，疗养院的勤杂工。他来她家载她去参加疗养院的员工聚会。在斯泰西准备出门的时候，多利把他挤到门边的角落里。她从楼上下来时，卡洛斯的脸都已经是惨白了。她很高兴多利没有咬他或攻击他。回来后，斯泰西半心半意地邀请卡洛斯进门喝杯咖啡，他拒绝了。

第二次是跟杰瑞约会，他接受了斯泰西的邀请，进了她家，多利只是对他叫了一声。他蠢蠢地自动自发地坐在沙发上，并揽过斯泰西的肩膀。多利则走向他，把他的鞋子叼在嘴里，一边恶狠狠地盯着他，一边凶狠地叫着。杰瑞吓得移到客厅另一边的座位上，没坐一会儿就走了。多利在他屁股后面一路狂叫。

是的，多利不喜欢男人。一开始，这很让人苦恼。不过斯泰西觉得也不能怪多利，她自己对那些男人也不太感冒。

一天早上，斯泰西的主管莎莉和一个帅气的年轻男子在大厅走过，她从来没见过这个人。莎莉停下来，向斯泰西介绍说，这是马克，是一名社工，疗养院的新任监察专员。斯泰西似乎感受到了那种熟悉的怦然心动的感觉。

中午在食堂，马克问能不能跟斯泰西一起吃午餐，她同意了。马克不怎么说自己的事情，斯泰西很少碰到这样的人。为了能多聊两句，她问他喜欢芝加哥小熊队还是克里夫兰印第安人队。她熟悉的男人通常都会用这个话题做开场。不过马克说自己不怎么喜欢体育运动，但是他很喜欢狗。

斯泰西就跟他说多利的事，他听得很入迷。当她向他描述多利是怎么咬掉杰米的运动鞋时，他说这狗肯定是个"守护者"。

第二天，马克又来吃午饭，第三天还来了。斯泰西那个周末休假。星

跳舞的狗狗

期六一大早,马克往斯泰西家打电话,问她是否愿意去湖边走一走。很美妙的早晨。

两小时后,马克、斯泰西、多利,两人带着一条狗已经在杉点乐园旁的湖边散步了。巨大的过山车在他们头顶盘旋。马克在电话里坚持要斯泰西带上多利。斯泰西小心堤防着多利,而多利显然不太喜欢马克。只要马克看着斯泰西,多利就死死地盯着他,对他大声嗥叫。

不过,斯泰西注意到,马克的反应跟其他男人不同。他就是不理多利。在散步的时候,如果马克靠斯泰西太近,多利就会跑到他们中间,对着马克凶狠地露出牙齿。几分钟之后,斯泰西看到马克从兜里掏出什么,扔在地上。多利跑向前,一口把那东西吃了。

"你总是随身带着肉吗?"她问道,同时大笑起来。

"我想给她留下好的印象。"他微笑着说。

走到路的尽头,他们坐下来聊天。马克跟她说自己以前读书的事,自己怎么决定不读法律,从事社会医疗保健工作,因为他不想光赚钱,还想做一些有意义的事情。他还问了斯泰西的婚姻、工作以及生活。她回答的时候,他耐心地听着。这对她来说是一种完全不同的体验,她有些不安,不敢相信这是真的。

马克温柔安静,斯泰西需要花一些时间来适应。她觉得自己碰到了一个性格倔强的人,不过还不是很肯定。她提醒自己要小心,第一印象只是第一印象而已,但是事实上她喜欢他陪伴自己的感觉。

但是多利仍然很警醒,时不时地吼几声,尽管声音没有原来那么大。

马克偶尔会从口袋里掏出牛肉干扔在地上,多利会立马吃掉。但是他就是不看她,也不跟她说话。

过了一会儿,斯泰西注意到多利越来越注意马克,尤其是他的手和口袋。

他们在一家小咖啡厅喝了杯咖啡,当他们走出来的时候,多利嗥叫着扑向马克。马克被吓住了，急忙后退了几步。斯泰西紧紧地拉住绳子，让她安静下来。她心想：老天，我好不容易终于碰到个好男人，我的狗却要咬他，把他赶走。

她跟马克说，她很喜欢这次散步。

第二天早上他又打电话来，说自己在上班的路上，能不能顺便来拜访一下。斯泰西很是疑惑，这也太早了吧，不过她还是说了行。几分钟后，门铃响了。多利大叫着，冲向门。斯泰西打开门，看到马克站在门边，手上拎着一个塑料袋，里面大概装了一打热狗，烤好的，散发着阵阵香味。多利嗥叫着，喘着粗气，不过又被这袋子迷住了。马克向她扔了一根热狗，她跳起来接住吃下了，又眼巴巴地期待下一根。马克一根接一根地扔，她一根接一根地吃，很快一袋子热狗就没了，然后他就走了。

他没跟斯泰西说什么话，似乎他来就是为了看多利的，真有点奇怪。不过第二天早晨，在他上班之前，她还是让他来了。这一次，他又扔了一袋热狗给多利吃，仍然没有跟多利说话，也没有跟她对视。第二个星期天，他过来和斯泰西在门廊上聊天，边聊边扔牛肉干给多利吃。

后面几个星期，马克和斯泰西去看了几次电影，然后一起吃了几顿饭。一天晚上，在斯泰西家，马克伸手拍了拍多利，她却又嗥叫起来，他便收回了手。

每次马克来斯泰西家，都会带点心给多利。他这样的耐心让斯泰西甚是惊讶，而且她也感到有些迷惑，似乎他对多利更感兴趣些，因为他从来不试着跟她一起坐在沙发上，也从来不碰她或吻她。

她跟马克说，自己有点弄不清这种奇怪的三角关系。他是在跟她约会，还是在跟多利约会，或者是跟她俩约会？

他说："我只是喜欢狗而已。但是我不想制造麻烦，我不想让你烦心。"

此后，他消失了好几个星期。在疗养院他避开她，也不打电话给她。她很想他，而且她觉得多利也想念他。每天早上，多利似乎都在等待他的

出现。

有一天，马克又打电话来，没有解释失踪的原因，只是问了能不能来看她们。

斯泰西说当然可以。

两个人一条狗就这么又回到原来的状态中。斯泰西不得不承认，这是一种很令人愉快的交往。

马克再来拜访时，开始给斯泰西带小礼物：浪漫小说、茱蒂·柯林斯的唱片、亚洲梨、巧克力。她感到很惊讶，他怎么知道自己喜欢什么，然后她记起来了，他问过的。这些都是小东西，不昂贵，不花哨，也不让她感觉不舒服。她跟他说，不用麻烦，不需要给她带礼物。但是他总是微笑着说，如果真的强迫他带，他还真就不带了。

她突然意识到，杰米从来不知道给她带这些东西，一起生活了12年，还是不知道带这些。

多利依然不喜欢男人，喜欢吓他们。至于马克，她也是密切注意着，跟他保持距离，不过态度已经软化了很多。他进门的时候，她会不高兴地大叫大嚷，不过也在热切地期盼着雨点般的点心。似乎她不再把他当作危险的闯入者。

接连几个月，马克每次来，都会带着牛肉干或者热狗。不过有一天，他带了一块烤牛肉。他问斯泰西借了把刀，把牛肉切成小块，装进自己带来的塑料袋里，然后出屋到了门廊上。

这次多利没有对他嗥叫，只是跟着他出门，坐在他旁边，像威斯敏斯特狗展上的狗那样既警觉又专注。

马克带着装牛肉的塑料袋四处走动，多利越来越注意他的动作。他扔几块牛肉，多利接住吃掉。这似乎成了一种游戏，一种扔接食物的游戏，多利很喜欢。应该说她爱上了这种游戏。

马克前一次来这的时候，多利竟然躺在他面前睡着了。这是斯泰西头一次看到她在男人面前睡着。因为马克从来不碰斯泰西，不接近她，也不和她一起坐在沙发上，多利的那种保护本能软化了，不再感到马克会伤害斯泰西。

这一次，在门廊上，马克看着多利的眼睛，坚定清楚地说："坐下。"多利坐下了。"趴下。"她乖乖地趴下了。

他俯下身，手上拿着一块牛肉，奖给她，然后拍了拍她的头。她高兴得直摇尾巴。

他又对她说，"过来"，"躺下"。她都照做了。

他奖给她两块牛肉。然后他问斯泰西，能不能带多利出去遛遛。斯泰西犹豫了一下，她觉得应该不只是走走这么简单，不过她还是同意了。他就带着多利出去走了一小时。

他们回来的时候，马克说他们去了公园。多利在那里玩球，和他买的玩具玩拔河游戏。多利看起来又满足又疲惫，她走进家，爬上自己的床，便瘫在那里不动了。不一会儿，她的鼾声传遍了整个屋子，她压根就没注意到马克是不是还在屋里。

斯泰西突然泪流满面。多利看起来很疲倦，但是却十分开心。尽管她很爱她，但是她却从来没想过陪她这么玩。看到多利这么开心，她也很高兴。马克能这么做，真的是很贴心。他肯定拥有一颗仁善的心，因为人骗不了狗。她还记得多利是怎么把杰米赶出她家的车道，赶出她的生活的。

多利的鼾声变沉了。斯泰西有了自己独处的时间，这只总是赶跑男人的狗则沉沉地睡着。

马克问能不能到沙发这来，跟她坐一起。斯泰西说可以。

一只特立独行
的猫

跳舞的狗狗

她听到蟋蟀开始唧唧叫唤——她上工的信号，便从鸡舍后慢慢爬出，大摇大摆地从公鸡身边走过，那只公鸡正盯着她看，然后笔直走进夜色中。她闻着夏末的气息，听着树林里的声音，在林子和牧场里自由地走来走去，然后走进巨大的牛棚，这里有机器、动物，还有堆得像塔一样的干草。

晚上是她最喜欢的捕猎时间。鸟还没睡，叽叽喳喳地吵个不停，四周几乎没有一丝光线，微风吹来大地的气味。她像影子一样，慢慢地、小心地穿过牧场和林子，走过高高的草丛、灌木和芦苇，一声不响地捕食猎物。

在这样黑暗的环境中，她行动自如，观察、倾听、等待、跟踪、抓捕猎物。有时她会吃掉他们，有时会玩弄折磨他们，甚至会把他们放走。这里到处都有耗子，但是她时不时也会碰到其他的动物，蛇、小兔崽、受伤的鸟。无论她到哪里，都会留下一串尸体和动物身上的零件。她总是有条不紊地追逐着猎物，随心所欲地杀死他们。

这只猫总能知道自己在哪里，身边有什么。她远离马路和经常有人走的小路，她的行踪变幻莫测，很少弄出什么声响，别人也不怎么能看到她的身影。牧场和林子里的动物中，几乎没有谁有她这么好的眼神，也没有她这么强的耐心。她有着不同寻常的耐心和注意力。她能在听到或看到某样东西前，就能感觉到它。她会坐下，伸直身体，瞪大眼睛，竖起耳朵，探身向前，一动不动地等着。

大部分动物都喜欢群居，她却独自生活，而且根本没有孤独的概念。

她绕到牛棚的后面，听着石头墙里耗子的动静。她似乎觉得杀死耗子

就是她的目标,是她的使命,所以她冷酷无情地追逐他们,杀死他们。她知道牛棚里的耗子已经被她逮得差不多了

她盯着岩石间的缝隙,不放过一点点动静。她悄无声息地等了很长之间,终于听到一块石子掉在地面上的声音。然后她看到耗子的鼻子探了出来,他的妻子在后面跑来跑去。她还听到他们窝里,有小耗子饿得吱吱直叫。这对耗子正是要出来找吃的。

第一只耗子爬到地上,飞快地往牛棚后面跑去,那里关着奶牛,各种各样的味道混杂着,十分浓烈。她等他跑到谷粒盘,贪婪地往嘴里塞谷粒,把两颊都塞得满满的,好带回去给孩子们吃。

她还在等待着,比之前更安静,而她的眼睛根本就没离开过墙上的缝隙。不一会儿,另一只耗子出现了,是小耗子的妈妈,焦急地跑来跑去。母耗子一爬到地面,猫就从躲藏的草丛里猛地扑出来,正好落在她的背后。猫知道她会拼命地保护自己的宝宝,所以亮出了自己锋利的长爪,一把抓住被吓得愣住的母耗子的脖子。耗子疯狂地挣扎,一边尖叫一边咬猫的肩膀,把她的肩膀都咬出了血。猫和耗子抱着打滚,一只尖叫着发出危险的信号,一只则无情地保持沉默。屋子里,那条没用的狗听到了动静,汪汪大叫。有人在喊着:"杰克,嘘。"一切结束之后,猫跳上石头墙,舔着不断抽痛的肩膀上的血。然后又恢复了平静。

公耗子听到打斗的声音,急忙往回跑。一拐过弯,被守候在那儿的猫逮个正着。她猛地扑上去,不给他一点抵抗的时间,他也没母耗子那样的本能,不能激发自己抵抗的力量。他被吓住了,她正好利用这样的机会,不费吹灰之力搞定了他。之后,她把两具尸体都拖到牛棚的后面,准备过会儿来吃。然后又静坐着,等小耗子出来。她听到他们饿得吱吱直叫,不久他们就会出来的。

她辛苦地捕猎了一个晚上。当太阳升起来,牛棚里充满金黄的阳光时,

跳舞的狗狗

她会从篱笆下穿过，跳上破损的窗子，爬进去，落在大公鸡旁边。他会咯咯地护着自己的母鸡。她则跳过铁丝网，坐在一根突起的栖木下。这里既温暖又舒适，有干草和稻草，而且还很隐蔽。

公鸡一开始不喜欢她待在这里。看到她入侵自己的地盘，他挺起胸膛，张开翅膀，跑到母鸡的前面，傲慢地咯咯叫，但是她丝毫不理会他。这只公鸡很凶，如果农夫和他的妻子靠他的母鸡太近，他都会啄他们。不过最后，他习惯了这只牛棚的猫。现在尽管猫靠太近的时候，他还会咯咯地叫，但是叫声里不再带有威胁的意思。

猫不理睬公鸡的威胁，她觉得跟他待一起很自在。

这只逐渐衰老的公鸡和这只极其独立的猫达成了某种共识。他感觉她无意伤害他或者他的鸡群。他们之间的联系是动物界的神秘所在，人类了解不了，而动物自己也不予细想。

她跟农场上的任何生物都没什么交情。有时她在农舍后面捕食时，那只棕色的大狗，农夫叫他杰克的那只，能感觉到她，或闻到她的气味，便会跑到窗前或门廊上。她才看到他的眼睛，他就呜呜地叫两声，转身进屋去了。杰克也觉得她很神秘，她似乎毫无所求，几乎会杀死所有她碰到的动物。他现在看到青蛙的肉，鸟的头，蛇的尸体，耗子、鼹鼠、花栗鼠、家鼠等各种鼠类的残骸，都已经见怪不怪了。这些东西上面都有她的气味。

她不喜欢跟人待在一起。她尽量躲着人，尤其是感觉到有人看她的时候。她不相信他们，也不理解他们。但是有时她会被农夫的妻子吸引，因为她在寒冷的冬天或者暴风雨的天气里，会走进牛棚，留一碗热牛奶或者肉汤给她喝。女人会用她温柔可人的声音叫她："嘿，猫咪！嘿，猫咪！"她有时会出现，不过都离女人远远的。女人看到她，会微笑着点点头。她知道不去接近牛棚的猫，不给她压力。每次她离开的时候，都会说："喝点热的东西暖暖身，增加点力气。"

但是她从来不在农夫面前现身。只要听到他走出农舍，往牛棚走来的时候，她就会跑到干草棚的顶上，就是她抓耗子、蝙蝠，还有睡觉的地方，或者跑到林子里去。

这只猫来农场的那一天，一辆雪佛兰皮卡在纽约州贝尔彻卡拉威路上跑着，带起一团团灰尘，最后它在一个红色的牛棚旁停了下来。车子上下来一位老农夫，往牛棚走了几步。因为长年累月弯着膝盖挤牛奶，他的膝盖磨损严重，所以他走路的姿势很僵硬，步子十分缓慢。一只大德国牧羊犬从牛棚后跳出来，叫嚷着，直到他认出这名老农夫才停下来，之后又跑过来闻农夫手上的盒子，低低地嗥叫着。

老人说："嘿，杰克，老小子。"说着，他将盒子放在地上。他边摸着大狗的耳朵，边说："我给你带来了一只牛棚猫，帮皮特抓那些到处惹事的耗子。我的猫生了六只小崽，五只都处理掉了，给皮特留了这只。"

牛棚猫总会生一大窝小猫崽，农夫们经常要"处理他们"。有些人会把多余的猫枪毙掉，有些把他们淹死或毒死。没有人喜欢谈这种不好的事情，但是每个人都知道。

从农夫的角度来说，他们也没有其他的办法。即使是收容所也不要他们，因为没有地方收留。牛棚的猫从来没被阉割过，也没看过兽医，如果放任他们繁殖，牛棚很快就会有成群的猫和许多猫粪，有时还会滋生各种疾病。

从盒子里不断传来喵喵的叫声。杰克围着盒子呜呜地打着转，他的耳朵都向后竖起来了。一个带着阿格里马克公司红色帽子的男人从牛棚里出来，招着手，喊着让杰克后退。

拿着盒子的老农夫叫了一声："你好，皮特。"

皮特说："你好，达瑞尔。谢谢你给我送猫来。这些耗子都有兔子那么大了，有一只还咬了杰克这里，害我还要带他去兽医那儿打狂犬疫苗。"

达瑞尔仔细看了看杰克，他的左后腿上贴了一块胶布绷带。他又闻着盒子，低声地吼叫。

皮特对他说："这是我们新来的耗子杀手。如果你识相点，就不要打扰她。"杰克一直不知道什么叫识相点，但是他很听话，所以往后退着离开了那只盒子。

达瑞尔说："我相信她会为你讨回公道的。我不经常见到她，我用了一条鱼才逮到她的，她差点把我的老胳膊给咬断罗。不过我觉得她是个真正的捕手。"

皮特跟达瑞尔道了谢，达瑞尔挥挥手，说了再见，然后就爬上了自己的皮卡走了。皮特抱起盒子，把它带进牛棚，杰克紧跟其后。

拐角处转出来一只大红公鸡，发出震耳欲聋的喔喔声。皮特大声说："去，阿盖尔，闭嘴。"一群奥尔平顿母鸡跟在公鸡后面，一刻不停地啄食地上的垃圾和虫子。

皮特把盒子放在牛棚后面的一捆干草垛上，打开盒子，退后几步，等了几秒钟，猫却没有跑出来。挤奶区的奶牛在焦急地哞哞叫，他对杰克说了句"我等会回来"，然后往奶牛那边去了。

杰克坐在那里，耐心地等着。他知道盒子里面有只猫，因为他闻到她的气味了，但是里面一点动静都没有。他慢慢地挪近点儿，把鼻子探进打开的盒子里。里面传来嘶嘶声，她的爪子很长，然后他看到了她那闪闪发光的绿眼睛。

杰克大叫一声，沿着牛棚的走道，冲过干草垛，跑进挤奶区。皮特正跪在那里，把吸管贴在一头奶牛的奶头上。杰克一生下来就跟奶牛待在一起，还被她们踢过一两次。奶牛一般不会惹事，除非是被逼急了，而杰克也学会了不去打扰她们。现在，他又知道了，猫也惹不起。

皮特俯下身，看着狗鼻子上的血印，笑着摇了摇头。他站起身来，把杰克叫到牛棚的一边，在他的伤口上抹了些抗生素粉。

"唔，这下明白了吧。"皮特边对杰克说，边摸摸他的耳朵安抚他。

皮特没给牛棚的猫取名字，也不靠近她们。除非在寒冷的冬天，气温连着几天都在零度以下，他一般不会把她们带回屋或者给她们喂食。即便是在很冷的时候，他也只是让妻子盛些剩汤，或拿些从便利店买来的便宜的粗磨食物给她们吃。他的想法是，不要太依恋动物，尤其是牛棚里的猫，因为她们的生命太短暂、太辛苦。

有些农夫在冬天会为猫开取暖灯，但是有几次引起大火，把牛棚给烧了，所以皮特不这么照顾自家的猫，他的猫都是自己照顾自己，自生自灭型。他不太担心猫，但是有时候他也会四处看着牛棚，想她晚上的时候到哪里取暖。

皮特总是提醒妻子，不要过于频繁地喂猫："不然她会被宠坏的，只知道等吃，不知道去抓耗子和家鼠。"他要让猫有饥饿感，不然她就是只吃白食的动物，而他要她干活。自从他拉了几拖拉机饲料放在混凝土做成的仓库里，准备冬天拿来喂牛，他就碰到了严重的鼠患。这饲料是发酵的玉米粒，不仅引来了浣熊和鸟，还引来了耗子。

猫来到皮特农场一星期后，他才见她第一面，还看到了她和杰克的第一次打斗。杰克呜呜地叫着、嚓着，盯着牛棚后面大片的草场看。皮特顺着他的目光看过去，发现猫正静悄悄地向田里潜行。聪明的姑娘，田地里是很好的狩猎场。他举起望远镜，仔细地观察这只猫。她很漂亮，棕白色的毛皮闪闪发亮，大大的眼睛有点吓人。她举手投足很有风度。她跟他以前的猫不一样，不像他们瘦得皮包骨头，邋里邋遢的。

从此以后，他再也没有见过这只猫。

虽然她在农夫面前从来不现身，但是她一直知道他在哪里。他在农场里走来走去，干日常琐事的时候，她经常躲在大堆大堆的草垛里，待在农场的苹果树或枫树上，甚至在牧场上高高的草丛中，观察着他，留意着他的动向。

很多时候,皮特能看到猫留下的踪迹,他知道她在工作。在她来到农场没几天,他就看到耗子的尸体,这只肥大的耗子躺在牛棚的入口处,就像是猫努力工作的证据。第二天,他又发现了两只,接下来的一周总共发现了十几只。农场到处都散落着鸟、家鼠、蛇、鼹鼠的身体零件,都是这只猫的手笔。这只猫简直就是一台杀生机器。此后,耗子就变少了。

她在做自己的工作,然后某天,就会像其他牛棚的猫一样,消失不见。可能是被猎人或孩子用 0.22 口径的枪打死;被汽车或货车撞死;被猫头鹰叼走,或者被狡猾的郊狼或狐狸逮走;被流浪狗抓住;被毒死、饿死;长寄生虫、得狂犬病或患上其他容易感染的疾病。牛棚的猫从来不会老,他们不愿意活那么长的时间。

猫从纸壳箱里爬出来的前几天,她躲在干草堆里,抓了几只家鼠,拍下几只在空中飞的蝙蝠,吃了一些蛾子和蜘蛛。她口渴的时候,会爬到牛棚的地上,从奶牛的水槽里喝几口水。

她小心翼翼地探索着这个大大的牛棚,牛棚旁边是一座白色的旧农舍,牧场和林子把它们夹在中间。她闻到了以前待在这里的猫的气味,这个牛棚里还有另外两只猫。一只老猫,眼里经常流泪,已经没有多长时间了,另一只母猫很虚弱,腿受伤了。

那只母猫起先还想把她赶走,她们打了一架,很快分出了胜负。之后,那两只猫再也没有找过她的麻烦。她马上划出了自己的领地,包括储存干草的大牛棚,农舍外面的田野和林子。其他两只猫则分到了小谷仓,以及它后面的牧场,从此他们井水不犯河水。

她早上睡觉,下午如果阳光很强很温暖,她会继续睡觉。黄昏的时候,她听着耗子和家鼠跑来跑去找吃的,在墙缝和窝周边打洞。家鼠很容易抓,但是耗子一般体型很大、会反抗,所以她先要偷偷地躲在一边,然后从他们上方或身后扑上去,把耗子吓得呆住,再迅速地杀死他们。之后她会找到耗子的窝，把小耗子消灭掉。

再晚些时候，耗子都回到洞里后，还有其他的动物可以捕食。比如蝙蝠、家鼠，还有草场上的松鼠、小兔崽和鼹鼠。她总是待在树旁，或者盯住一棵，以防有郊狼或狐狸走出林子来逮兔子。她对牛棚旁边的林子了如指掌，清楚每棵树上的缝隙和低树杈。一天晚上，月光太亮，她差点就被两只郊狼给抓住，但是她迅速地爬上树，逃过一劫。那天晚上，她一直在树梢上待着。第二天早上，她逮住了一只黄莺，小鸟刚刚跳出窝，正要开始唱歌。

两天之后的晚上，她被一只灰色的狐狸追捕。她仓惶地冲过牧场，跑回牛棚，等她反应过来的时候，发现自己和大公鸡碰了个照面。他睡醒了，正在到处巡逻呢。她用头蹭了蹭大公鸡，他拍拍翅膀，却没有走开。

站在牛棚顶上的时候，猫喜欢高高跳起，抓住一只家燕，然后叼着他从一堆草垛跳到另一堆上。她很喜欢这么做，如果农夫或他的妻子看到她这个样子，他们会发誓说她是在跳舞。她对巨大的蜘蛛网十分好奇，喜欢用爪子抓它，逮住惊慌不已的蜘蛛吃掉，或者看着他们仓惶逃窜。

有些晚上，她会偷偷地跑到农舍的门廊上，趴在农夫的吊床上，听着屋子里的动静。她喜欢从窗外往里看，注视着角落里盒子上晃动的影子，听着农夫和妻子聊天，或者听电话的声音，闻着炉子上食物的香味。有时，她感觉农夫的妻子看到她了。一旦觉得自己被看到了，她就会很快跑进林子或回到牛棚里去，不过她喜欢近距离感受农舍里的热闹。

但是她不像那条狗，而且她有些瞧不起他，因为她从来不为了一点食物而卑躬屈膝，也不会围着人类打转转。她不跟他们玩，不需要他们的抚摸和安慰。不想进屋，不想被困住，不想吃白饭。她能照顾好自己，能找到吃的，在奶牛或发动机旁边取暖，或者在太阳下晒得暖烘烘的。

农场很多地方她都喜欢，但是每天干完工作，夜深人静的时候，她还

跳舞的狗狗

是觉得待在牛棚里,趴在大公鸡旁最舒服。她是农场里唯一不把大公鸡当回事的生物,虽然偶尔他的打鸣声会惊到她,搅了她的美梦。渐渐地,她发现自己每天某个时候都要到公鸡那报个到,而公鸡已经习惯了她的存在,接受了她,甚至还特意等着她。

走进牛棚后,她和公鸡就会相互靠着安静下来。她会打个盹儿,或者坐着,透过窗子看向农舍。有时,她会蹭蹭大公鸡,虽然一开始他有些被吓到了,但是他没有感到慌乱或生气,没有对她咯咯叫或者拍翅膀。他似乎喜欢她的陪伴,而她也喜欢他的陪伴。这不是她的本意,不过就这么自然而然发生了。

到了秋天,几乎所有的耗子都被逮光了。猫一只接一只地捕抓,干掉大耗子,杀死小耗子。不过牛棚里总会有一些家鼠,就像总会有些蝙蝠一样。

十一月份,冬天的脚步越来越近,天总是阴沉沉的,晚上越来越冷。农夫走进牛棚,发现大公鸡侧躺在鸡窝里的栖木旁。他知道这只老罗德岛红鸡很累了,所以看到他快要死去的样子,一点也不意外。

但是他看到那只三色猫,那只把牛棚里的耗子都抓光的猫,竟然躺在大公鸡的身边,这让他大吃一惊。她坐起来,直视着农夫,没有转身跑掉。农夫却很是震惊,这只猫从来不让他靠近自己,现在却冷静地坐在他面前几码远的地方,用她绿色的眼睛盯着他。

他从兜里掏出手机,打电话给自己的妻子。不一会儿,他妻子出现了,捧来一小碟热牛奶。两人看着猫坐在公鸡旁边这奇怪的一幕。农夫的妻子说:"她在保护他,不受其他鸡的攻击。"鸡是残忍的动物,在同类快死的时候,他们经常会把他啄死,而且常常先啄他的眼睛。"她在守着他,陪伴着他。"

公鸡躺在那里,只能微微抬起头,发出几声虚弱的叫声,除此之外,几乎就不能动了。

农夫跟妻子说:"他要死了。我去拿把斧子砍了他,我不会为一只鸡浪费子弹的。"

"皮特,等一下。"他妻子平静地说,但是语气中带着些威严。"她坐在他旁边呢,我们走吧,留他们单独在这里。"

"你凭什么觉得她在保护阿盖尔?"

"我不知道,"她耸耸肩,"但是很显然,她是不会离开他的。"

农夫的妻子曾经见过这种和平王国的友谊,比如一只马和一只羊,一头驴和一只羊羔,一只狗和一只母鸡。谁也不能理解这种奇怪的友谊,她觉得,只有上帝才能解释清楚吧。但是动物们能清楚地了解自己,为自己找到忠实的伙伴、诚挚的友谊,这一点总会深深地触动她的心。

农夫和妻子离开了牛棚。

猫在这只老公鸡身边守了三天三夜。她可能离开公鸡去猎食或撒尿过,但是农夫和妻子都没看到她离开。白天,她会后退几步避开刺眼的光,到了晚上,她则上前蜷在公鸡旁边,靠着他。如果有母鸡过来,猫会立即站起来,发出嘶嘶的声音,母鸡们就吓得急忙往后退。虽然农夫的妻子从来没看见猫吃东西,但是每次她来换碟子的时候,碟子都是空的。有时,她会坐在栖木的一个角落,向猫伸出手。当农夫不在附近的时候,她会用汤匙给公鸡喂几口吃的。

在守护公鸡的第二天,猫开始走近农夫的妻子,嗅嗅她的手,允许她抚摸自己的头,她开始打起呼噜来。

农夫的妻子对猫说:"你看起来很累。我希望你偶尔能来屋里坐坐。那一次,外面的雪积了足足有三英尺厚,气温降到-30℃。我把地下室的门打开了,在里面给你放了些食物和铺了床,但是你却走开了。记得吗?"

她感觉自己对这只猫的爱正在心中迅速膨胀。她很钦佩她的勇气、她的独立以及她的忠诚。她很漂亮,跟其他牛棚里的猫不一样,不像他们那

跳舞的狗狗

么寒酸、那么孱弱。但是她也害怕这只猫的弱点。她知道牛棚猫的下场，某一天他们就突然不见了。所有的牛棚猫都这样，不留下一丝踪迹，就那么凭空消失了。她不想这只猫也这样，因为她受不了失去她的痛苦，她很特别。

她很惊讶这只猫和公鸡能建立起这种奇怪的友谊。这只具有野性、难以驯服的猫，竟然会跟尽心尽力保护自己的母鸡、总是按时打鸣的公鸡交了朋友。现在，这只猫却反过来如此尽职尽责地守在濒临死亡的公鸡旁，真不可思议。

农夫每天早上都会来看看这对朋友，而他的妻子则在白天来看两三次，晚上临睡前还会来一次。公鸡越来越虚弱，猫依旧守在他旁边。

一天晚上，农夫和妻子睡下之后，林子和牛棚都安静了下来，公鸡的心跳越来越弱，他开始呼吸困难。他努力抬起头，看了看自己的母鸡，然后又看向他身旁的猫。她感觉他的心脏停止了跳动，没了气息。就在这一瞬间，他的身体开始变冷。她有一种奇怪的不甚熟悉的感觉，这种感觉很不舒服，像是伤心，更像是孤独寂寞。

她站起来，蹦上放干草的横梁，跳上干草垛。她没有蹲下来做好扑跃的姿势，就直接往上一扑腾，逮住了一只正在飞的家燕。家燕还没反应过来是怎么一回事，就已经被猫叼在了嘴里。

猫跳回到公鸡旁，把燕子的尸体扔在地上——靠着公鸡的头的地方。

第二天早上，农夫的妻子带了些燕麦粥过来，外面的气温一下子降到了15℃。她发现老公鸡躺在木平台上，眼睛紧闭，显然已经死了。猫依然靠在他身旁，似乎在给他温暖。离他们一英尺远的地方，躺着一只家燕，身体已经发冷变硬了。猫转过头看向她。

她往牛棚的一个角落走去，回来的时候，手上拿着一把铁铲和一只垃圾袋。她把公鸡和家燕的尸体铲起来，放入垃圾袋里。

她望着猫，说："你昨晚做了什么？给他抓了个礼物？"她笑着摇了摇头，然后把袋子扔到垃圾堆里。过会儿，农夫会用拖拉机把这些垃圾装起来，填埋在牧场后的一个洞里。郊狼、秃鹰等其他食腐动物很快就会处理掉公鸡的尸体。

她回到牛棚的时候，坐在猫旁边，给了她一碗热腾腾的燕麦粥。"做得好。"她对猫说。猫抬头看了看她，走过去闻了闻燕麦粥。她似乎迷失了方向，四处看着，好像在找公鸡，等着他出现。她喵喵叫着，仿佛在呼唤他出来。

"你会想念你的朋友的。"农夫的妻子告诉她。她心中暗暗地想，这只猫可能不会再找另一个朋友了，这不是她的生活方式。

"随时欢迎你来屋里坐坐。"她对猫说，"你的生活很艰苦，你已经做了很多事情了。"

猫走过来，闻了闻她的手。但是当她伸手去抚摸她的时候，她却跑走了，一下子就消失在黑暗的干草垛中。

通灵狗狗欧尼

跳舞的狗狗

　　凯伦站在发玛来药店的收银台就能瞥见大门口，还能看到大路那边她那辆老旧的蓝色丰田花冠，当然有时会被呼啸而过的卡车或汽车挡住。其实她看不到车里面的欧尼，欧尼是她养的五岁大的波士顿狗，总是叫个不休，所以她时不时能听到他那极富特色的尖尖的叫声。她也看不到拿破仑，一只傲慢的虎皮猫。他俩在车后座的动物营地里，趴在自己的床上。

　　但是凯伦相信，他们能看见自己，知道自己一切顺利。而每天把他们留在车里去上班的时候，凯伦知道欧尼担心她。

　　当她的上司，店里的助理经理吉姆在去库房或去送货的时候，凯伦就会跑到停车场，让两个家伙能更清楚地看到她，同时也是去看看他们是否安全。夏天的时候，她把车子停在阴凉的地方，把车窗打开（如果天气很热的话，她还会把后座的便携式风扇打开）；冬天的时候，她总是把车停在有太阳的地方。尽管做了这么多预防措施，每天她还是忍不住要跑去看他们几次。把动物单独留在车里，她感觉很内疚。

　　有时，她觉得没人注意的时候，或者就是知道别人在注意她时，她会朝路那边的欧尼大喊："嘿，欧尼。啊咦——啊咦——哟呼——"这是他们之间的秘密信号，欧尼能注意到这种特别的喊声。她和猫咪拿破仑之间则没有这种特殊的联系方式，不过猫也不需要这种安慰。

　　开车经过或者在药店停车场的人们听到凯伦的呼唤声，往往会向她投来惊讶甚至是厌恶的眼光。不过凯伦，这位结实瘦长，留着一头棕色头发，脸部皮肤坚韧，有着一双明亮的绿眼睛的女人，一点也不在乎他们的目光。如果他们喜欢狗，一定会理解她。而如果他们不喜欢狗，那她也就不必在意他们的想法了。欧尼是她的心肝宝贝，就这么简单。

每当她出去看欧尼和拿破仑的时候，和她一起工作的女孩总会无情地开她的玩笑。"外面有男人在等你吧！你肯定不是去看狗的！"她们笑她，不过她通常只是一笑了之。

很显然，欧尼和拿破仑都不喜欢对方。只要拿破仑靠近欧尼，他就会大叫，而她大部分时间都在对他嘶嘶地叫。在她的眼里，欧尼就是无耻的闯入者（是的，是她的眼里。凯伦总要不停地跟别人解释，说自己知道拿破仑·波拿巴是男的，但是她在给猫起名字的时候并不知道这个，而且也不打算给她换名字）。

就跟讨厌欧尼一样，拿破仑也不喜欢坐车。不过凯伦把她带来，是为了让欧尼在车里有个伴。即使他们互不喜欢，至少不会寂寞。她还盼望着他们能给对方带去一些安慰。再怎么不舒服，拿破仑还是很喜欢躺在后座上晒太阳的。

这是发玛来地区瓶装水销售比赛的第一天。凯伦凌晨三点半就来上班了，其实她的班次要五点钟开始。她穿上发玛来的蓝色背心，检查自己这星期要销售的12盒瓶装水，每盒有12瓶，够她搬好一会儿的。比赛八点钟开始，之前卖的都不算。比赛获胜者有机会晋升为某个部门的销售经理，凯伦希望能当上化妆品部的销售经理，这是药店里生意最好的部门之一。

她一般在早上四点钟来整理货架。人们总喜欢把东西拿起来，然后乱放回去。"一群懒货。"她边整理边咕哝着。他们在家也这样吗？把洗洁精放在衣橱里，把毛巾放在冰箱里？不过她很喜欢店里的这段安静的时光，整理东西、检查存货、准备开门营业。店里六点钟开门，她要站在得来速窗口，收药方抓药。人们在上班的路上，会顺便拿方子过来取药。

发玛来大部分的工作都是重复性的操作，十几岁的小孩子都能做好。这也是为什么店里营业额很高，但员工工资却很低的原因。不过在得来速，

跳舞的狗狗

凯伦能跟人们聊天,甚至偶尔能看到他们的狗。她总在工作椅旁边放一盒饼干,看到顾客车子里有狗的时候,就会塞一块饼干给他们。她知道不少宠物主人的名字,至少她知道他们的狗狗的名字。

有一些顾客经常带着狗狗来,她每天都期盼着见到他们:伯德牧羊犬斯平纳;黑色的拉布拉多塔;黄金猎犬里格利,这些都是她最喜欢的狗。她跟他们的主人说自己的欧尼,说她很想把他放在后面的停车场,这样离她就会更近些。她知道欧尼见到其他的狗,肯定很高兴,见到每一条狗他都会对他们大叫。见到人的时候,也是如此。

班上到一半,她就转到店前面的收银台负责收钱。在这里她也能找到些有趣的事。她总是试着跟顾客聊两句,对他们讲几句好话,帮他们度过漫长难挨的时光。沃伦斯堡是阿迪朗达克山脉的一个贫穷的小镇,很多她遇见的人都满脸疲惫。如果她能让他们笑一笑,绝对是在做善事。

在收银台,凯伦就像交响乐团的指挥一样,挥舞着手上的扫描器。她围着人们买的东西转——面霜、邦迪创可贴、纸巾、药品、文具。她知道怎么用扫描器读每件商品的价格,她会快速贴心地用不成形的塑料袋把东西打包好,这点令她很自豪。她会对顾客说"祝您一天愉快",这不是客套话,而是她衷心的祝福。那些老太太来买药的时候,她喜欢称赞她们的围巾、胸针、发型。大部分人都会笑着点点头。那些十几岁的小顾客则没法沟通,他们根本不和她有任何交流。她就默默地希望他们这一天平安快乐。

店里安装自动刷卡机之前,凯伦喜欢为顾客刷信用卡。原因很简单,当刷卡机开始工作的时候,她能边看货品的价格,边跟顾客聊天。她注意到店里的年轻人总是机械地干活,看着电脑屏幕收钱找钱,都不知道怎么跟顾客说话。他们就让扫描器代他们说话、思考,连最起码的"祝您一天愉快"也不说,这真让人遗憾。

有时,凯伦不停地挥动着扫描器,不知道扫的商品是什么,也不跟买它们的人交谈,觉得自己就像个机器人。她总会问顾客有没有找到自己想要的商品，自己能不能帮什么忙，不过即使她不这么问，顾客还是会来店里买东西。店里最近装了一台全自动付款机，自动扫描顾客买的货物，最后屏幕上会显示要付的款额（店里给打八五折），然后顾客刷卡付账，自己打包。凯伦知道这是未来的趋势，但是她反对公司和顾客之间这种冷漠、互不关心的关系。她不停地对自己说，还是做自己的事吧，好好地关心顾客。

凯伦坚持和顾客互动，帮助顾客。因为经济不景气，越来越多的人们来发玛来咨询健康问题、购买非处方药，因为他们没钱去看医生，也没钱买处方药。店里的员工不应该给顾客提供医药咨询，但是凯伦有时候还是忍不住要说。她会建议顾客买哪种护肤霜，哪种药治疗头痛有效，还有其他对感冒、流感、湿疹、关节酸痛等有效的药。她不直接建议他们买什么药，因为这是严重的错误，她只说这对自己有用。

她能敏感地察觉到哪些顾客喜欢狗。这些顾客看到她项链上欧尼的照片时，经常会掏出手机，给她看自己狗狗或猫咪的照片。她喜欢这种互动方式。她的手机里也有十几张欧尼的照片，能随时调出来给他们看。

凯伦一年前开始带欧尼来上班，因为他总是叫个不停，邻居们不堪其扰，威胁说要报警。凯伦不想把他关进笼子里（这样能让他不叫）或给他戴那种防狗叫喷雾项圈，尽管兽医说这很安全。她丈夫丹觉得欧尼很让人头痛，说不能再把他单独留在家里。

凯伦为此很是苦恼。一年前，丹的心脏病发作过一次。在心脏病发作前，欧尼开始疯狂地大叫。凯伦觉得欧尼察觉到有什么地方不对劲，在试着提醒丹注意，但是丹却不在意，甚至一点也不放在心上。他嘲讽地说："凯伦，这狗对着哪样东西不会乱叫？"

不过，从此以后，凯伦就注意观察欧尼对人的反应。她坚信他能察觉到其他动物感受不到的东西。书上介绍过，有的狗能嗅出癌症，预知死亡，警告中风；有的狗能看穿人的本性，识别出那些高尚、深刻的人。她坚定

地相信欧尼就是那样的狗。她相信他,认为只有自己才懂得他要表达些什么。

虽然欧尼有这种独特的能力,丹还是不想把他单独留在家里。凯伦没办法,调整了车子的后座,为狗和猫各铺了一张床,放了骨头和逗猫玩具,水,还有食物。在药店对面的停车场里,欧尼可以随心所欲地叫,没有人管它。在休息时间和吃午餐的时候,凯伦会去看看这对"奇怪的伴侣",带欧尼四处走走,让拿破仑坐在车顶上。她会坐在那儿睁大眼睛瞪着外面的世界看。

这天,凯伦的第一位顾客是名校车司机,来店里新开的"美食天地"买些食品。他买了一捆半打装的啤酒,两袋泡泡糖,两个撒糖的甜甜圈,烤土豆条,一个用玻璃纸包着的苹果,六张三美元的彩票,还有一包烟。

"你们有 Tums 的咀嚼钙片吗?"他问道。

"切!"凯伦小声地咕哝了一声,不过那人没听到。

有时在上司背后,凯伦会开玩笑说,她知道发玛来公司不为人知的策略:卖很多薯条、热狗、糖、烟、啤酒等垃圾食物,等人们发胖或生病的时候,又得要来买药。在这家药店,可没有什么健康食品部。

"我们一定要卖香烟吗?"她问吉姆,吉姆耸耸肩,回答说这是公司的决定。吉姆对公司忠心耿耿,不会质疑公司的任何决定。他虽然身材高大,但是胆子却很小,根本不敢违抗公司任何规章制度,不会反对公司的决定,对于公司的节约成本的策略也是一一照办。而公司的这种策略总是层出不穷。

事实上,现在卖处方药只是店里的一小部分生意而已。这里还卖食物、玩具、化妆品、肥皂、洗涤剂,应有尽有,甚至有宠物食物和玩具。

"您好,有兴趣买几瓶我们新上市的瓶装水吗?"凯伦问这名司机。

"没兴趣,"他嚷嚷地说,"我不买水。"

出师不利,她没卖出几瓶水。

凯伦很庆幸自己能做收银员。她需要这份工作,但是她也担心自己的未来。在发玛来工作四年的员工,有权利享受医疗补助。但是她和其他的工作人员都发现,那些工作快满四年的员工,很容易被公司解雇。社会上任何没有工作经验的小年轻,不需要什么培训就能胜任店里大部分的工作,而且他们要的钱也不多。所以,为什么要留下那些拿补贴的老员工?

凯伦在店里已经干了三年多了,而且生活的负担越来越重。她母亲生病了,丹的腿的状况越来越糟,工作消失的速度就像臭氧层空洞出现的速度一样,越来越快。她要抓住这次机会,晋升为店里某个部门的销售经理。沃伦斯堡发玛来药店是本地区一家规模较小的店,和萨拉托加、格伦斯福尔斯的那些大的店相比,简直不值一提。因此,发玛来地区瓶装水销售大赛对凯伦以及她的上司吉姆来说,十分重要。

公司新出了自有品牌的瓶装水,这次比赛是推广促销这种水的一部分。这个星期瓶装水卖得最多的员工,最有可能获得晋升,凯伦要努力争取赢得这次比赛。沃尔玛不再招人了,而其他的工作则要到80英里外的萨拉托加找,而且不一定能找得到。

在哈德逊福尔斯的家中,凯伦不停地练习各种推销水的话,努力提高自己的嗓门,背诵公司手册里吹赞自己纯净水的各种神奇的好处,丹都要被她弄疯了。凯伦边对着欧尼练边想,这总比卖啤酒和香烟要好。

欧尼是她从阿迪朗达克动物收容所领养来的。有人来附近的度假屋避暑,把他丢在出租屋子外的马路上。旁边的一位邻居看到了这一幕,都不敢相信自己的眼睛。他记下了他们的车牌号,报了警。警察确实在从纽约州到新泽西的高速路上堵到了他们。但是他们却问:"什么狗?"说他们可能看到附近有一只狗在转悠,但是他们不认识他,那不是他们的狗,警察也没办法了。欧尼这么爱叫,脾气这么暴躁,也许跟他被主人无情地抛弃有关。他似乎仍然对自己的不公平遭遇气愤难当。

"这是他们的损失，我的幸运。"凯伦提到那些残忍抛弃欧尼的人时会这么说。她和欧尼立马熟悉起来，无论走到哪里，她都会带上他，不过看医生和去她母亲住的疗养院除外。她爱惨了他，而他则成了独属于她的狗。他跟她在一起的时候就十分安静，只要她离开，他就不安地大嚷大叫。

那天早上，凯伦对欧尼说："欧尼，我要赢得这次比赛，要得到那个职位，要让公司注意我们。"她不想像其他在收银台的女孩那样，在药店干满四年，然后就被炒鱿鱼。她想继续在这儿待下去，想得到补贴和更多的工资，如果可能的话，让自己的工作有所保障。或许某一天，她能去佛罗里达迈尔斯堡参加公司年会，或者赢得一次坐游艇出玩的机会。

更衣室里，其他人一边扎辫子、盘头发、穿蓝色工作背心，一边互相祝对方好运。化妆品专区的苏西和医药专区柜员杰米都是凯伦的竞争对手，不过她真正的竞争对手，应该是那些在这个地区其他大点儿的发玛来药店工作的员工。不过，苏西和杰米都很聪明，而且年纪比她小，她都已经45岁了。她们的男朋友和其他的朋友经常来这儿，所以她们可能会招揽更多的顾客。

比赛第一天，凯伦的战绩惨不忍睹。她打电话给丹，说似乎没有人想买发玛来的瓶装水，即使一箱也只要5.99美元。杰米的男朋友开摩托车来到停车场，一口气买了两箱。凯伦的业绩远没有这么多。休息的时候，她又去看她的狗和猫，带着欧尼在附近散步。她没像平时那样带他走很长的时间，因为她想着要快点回去卖水。

她的一些老主顾买了几瓶，但是到下午的时候，她还没卖到一箱。

星期二，情况依然没有好转。吉姆来数了数她剩下的水，摇了摇头，他看起来很紧张，不怎么高兴。他对凯伦说："你的对手卖得比你多，他们卖得也不多。"凯伦总是为自己乐观向上的精神感到自豪，但是吉姆很难相处，即使像凯伦这样十分擅长与人打交道的人都难以接近他。他似乎只在意远在天边、高高在上的老板们，只关注他们的目标，跟药店的每一名员工都保持一定的距离。而这些员工一般在店里待的时间也不会太长。尽管如此，因为凯伦平易近人，所以吉姆有时挺信任她。他跟凯伦说："老实跟你说，如果我们能打败萨拉托加和格伦斯福尔斯的门店，就能引起总部的注意。我们不是这个地区生意最好的发玛来药店，你懂我的意思吧！"

凯伦当然懂，生意不好的门店，经常会一夜之间就关门，店里所有的员工都会马上失去工作。吉姆说公司区域经理十分崇拜中国的毛泽东。他认为时不时除去最薄弱的一环，能让链子更牢固。这是一种可怕的管理哲学，而凯伦知道他们遵从的就是这种哲学，这更让人不寒而栗。

凯伦妹妹从药店经过的时候，好心地买了几瓶。苏西看到凯伦，对她傻傻地笑了笑。大家都知道苏西一瓶水都没卖出去。如果她还这样的话，就得上网找在萨拉托加或乔治湖的工作了。凯伦有些心灰意冷，她很少这样，因为她妈妈一直教育她，失去勇气犹如打开一扇黑色的门，会让可怕的东西进驻内心，所以不能气馁。

星期天早上，丹打电话给凯伦，祝她好运。然后开玩笑地说："也许可以让那没用的狗帮帮你，他可能喝水了。"

她知道丹只是在开玩笑，嘲笑欧尼，因为他不太喜欢这只狗，但是丹的话让她脑子灵光一闪。休息的时候，她带着狗绕着水泥厂绕了一大圈。像平常一样，他们站在水泥厂旁边，看着高高挂起的"安全生产×××天"的牌子。上面的数字显示，水泥厂已经有一千多天没有发生事故了。这个告示牌对凯伦来说就像是个神坛，是世界上最安全最稳定的地方。

星期四，凯伦上的是晚班，要从下午四点干到半夜12点。但是她在早上六点就过来了，这让吉姆（凯伦一直怀疑吉姆就住在药店后面的办公室里，因为她从来没见他来上班或下班离开）和其他上早班的人吃了一惊。她把拿破仑留在了家里，这只脾气暴躁的猫似乎很高兴自己能留在家里。

跳舞的狗狗

而欧尼则待在后座里，汪汪大叫。

凯伦给他打扮了一下，洗了个澡（他很不喜欢洗澡），扑了点香粉，在他脖子上挂了个黄灿灿的夏威夷花环（这是她妹妹上次去迪士尼乐园带回来的纪念品）。

吉姆看到凯伦把欧尼带到药店的停车场来，皱了皱眉头。他不喜欢狗，尤其不喜欢欧尼。公司的规定和州里的法案都不允许带狗进店里，吉姆甚至不喜欢狗在停车场附近转悠，所以凯伦经常把车子停在马路对面。吉姆总是说狗会咬人，更糟糕的是，狗会随地大便，发玛来公司可不希望人们把狗屎和他们联系在一起。

他对凯伦说："你不能让狗待在这里。"

凯伦对他使了个眼色，示意他到一边说话。

她说："听着，你想不想赢得这次比赛？"

吉姆睁大了眼睛，当然想。如果沃伦斯堡的发玛来能打败格伦斯福尔斯或者萨拉托加那些生意好的门店，这将会是一个壮举。他在格伦斯福尔斯门店的一个朋友给他发电邮讲，公司说不积极推动这次比赛的经理要被严惩。新出的瓶装水上市第一星期，销售成绩不好，他们被狠批了一顿。

"忍忍哈。"凯伦对他说。然后去了文具区，拿了一块空白的纸板海报和一些彩笔，接着把欧尼带出车子。他坐在那里，叫着，摇晃着尾巴。

她在纸板上写了一些字，然后把它靠墙立在停车场里。

纸板上写着："通灵狗。买两瓶水，欧尼免费为您算命。"

吉姆还没反应过来，就已经有六个人在排队了。

一位母亲，带着两个小孩，走向前问："这是真的吗？我在奥普拉脱口秀上见过这种通灵的狗。"

凯伦说："试试就知道了。你想知道什么，尽管问他。"

女人走向欧尼，欧尼抬头望向她。她回头看了看孩子，闭上眼睛，抬头面向天空，深深吸了口气。

208

"我老公会找到工作吗？"她最后问道。欧尼看着她，开始汪汪叫。

女人惊奇地说："哇哦！他似乎真的在听我说话呢。他说什么？"

凯伦狠下心，提醒女人说，算命免费，但是水不是，两瓶2.25美元。

她拿出钱包，买了三瓶水。欧尼又对她叫了一声。

她把两个孩子拉向自己，又问道："他说什么？"

"欧尼说，当然。你老公一定会找到工作的。"

女人笑了，她的一个孩子尖叫着欢呼："太棒了！我都等不及回家告诉爸爸这个好消息了。"

一名卡车司机走到队伍前面，买了两瓶水。

欧尼对他叫了一声，司机半信半疑地看着他，说："我有条混种狗，陪着我开了十年的车，跟他有点像。"

凯伦看到男人的眼睛里蓄满了泪水。她问他："你好，有什么要问的吗？"

"修我卡车上的变速器需要花500美元吗？"

凯伦听了听欧尼的叫声。

然后说："不用，欧尼说用不着那么多。"

接下来，一名中年妇女走向欧尼，看着他的眼睛，买了一整箱水。她看起来很疲惫。凯伦耐心地等着，等女人鼓足勇气，问出自己的问题。

"我妈妈的癌症能治好吗？"她问。

吉姆再也受不了了。凯伦还没开口说话，他就走到她身边，凑近她的耳朵说："凯伦，我们不能这么骗人。如果预言不准，他们会很愤怒的，会来告我们的。"

他准备把钱还给那女人，但是她抬起手拒绝了。她的眼睛直直地盯着欧尼，坚定地说："不，我要一个答案。"

凯伦听着欧尼的叫声，露出一个奇怪的表情，然后搂着女人的肩膀说："你妈妈会康复的，至少暂时会。"女人忍不住大哭起来。

跳舞的狗狗

吉姆命令凯伦把欧尼带上车,让她回家。

她只好领着欧尼,让他坐进后座,小声咕哝了两句。等车开出一英里外,她才开始担心自己可能要丢工作了。

其实,她还不确定自己有没有被炒鱿鱼,毕竟吉姆没说。

回到家,丹一听说这事,立马发火了。他大吼着:"你怎么能这么做?这狗什么都不懂,他没什么特异功能,只是瞎叫而已。你在给那些人假的希望。"

凯伦什么也没说,放声大哭。她要丢工作了吗?她误导别人了吗?疯掉了?起因就是这次销售比赛,她跟欧尼待在停车场给人算命,是有点欠考虑。但是她没撒谎,她相信欧尼的感觉比大部分狗都灵敏。在这一点上,她很肯定。

她走进卧室,把头埋进枕头,大声地哭着。她再也没有升职的机会了,她甚至都不敢想能不能保住自己的工作。吉姆到现在也没打电话来,通知她被开除了,可能要等到明天早上吧。欧尼趴在她的身边,疑惑地看着她。这次他很安静,而拿破仑则在一旁用轻蔑的眼神看着。

第二天早上,凯伦很早就起来了,开车去上班。她把车停在药店对面的停车场,和平常一样,把欧尼和拿破仑留在车里。她在店里的走道里走来走去,把护肤霜放回原来的货架上,拾起掉在地上的巧克力、止咳糖,然后到得来速窗口接单送药。忙完后,又去收银台收钱。她紧张得手有些发抖,不过她没看到吉姆。

她瞅了瞅窗外,想看看欧尼他们的状况。这时,她注意到药店停车场里有些骚动。那里聚集了十几个人,这时候有这么多人,还真有些奇怪。吉姆穿着发玛来经理背心,站在人群中,试着安抚他们。凯伦让好友贾宁替她一下,匆匆向停车场走去。

她最先看到的是昨天带着孩子来的那位母亲,她一瞥见凯伦,就鼓起了掌,说:"我老公昨天找到工作了。你的狗真的很不可思议,我想再买些水。"

卡车司机就站在女人身后，他说："我也要买。修变速器只花了我250美元，我还想问问买辆新车要多少钱。"凯伦转头找那位母亲患癌症的女人，但是没找到。

这时，人们已经在停车场排起了长长的队伍。她看了看吉姆，吉姆对她点点头，说："如果有人问起，就说我不在这里，我从来没来过这里，没看到任何东西。"他低下头，无奈地摇了摇，然后就回店里了。

凯伦穿过马路，来到自己的车前，拿出布告牌，牵出欧尼。她像前一天一样，把牌子靠墙放着。

到中午的时候，她把自己所有的水都卖完了。吉姆又拿了几箱来。欧尼不停地叫着，做了一连串的预言：当地的高中会赢得橄榄球比赛冠军；那个小媳妇会怀上小孩；三个女人将会结婚；那个男孩能搬出妈妈的房子，住在海边；离婚法庭法官会判那名父亲获得抚养权；那个猎人能打到鹿。这些话虽然是从凯伦嘴里说出来的，但是她相信那是欧尼的预测。水就这么一瓶瓶地卖了出去。

吉姆时不时地从店里搬出几箱水，然后就逃开了。下午，他又出现了，大喊着："我们赢了，我们打败了萨拉托加和格伦斯福尔斯的门店。这个月底我要去参加公司的颁奖晚宴。"

凯伦从来没见到吉姆笑得这么开心过。

他从口袋里掏出一枚"本月之星"的胸针，塑料的胸针涂得像是黄灿灿的铜。他对凯伦说，她还会获得店旁边的"本月之星"停车位。然后他又悄悄地说，她可以把欧尼留在那里。他眨眨眼睛，小声地说："在化妆品部好好干啊。"

傍晚，人群都散开了，凯伦把欧尼带回花冠车和拿破仑会和。她自己则去更衣室换掉蓝色的工作背心。就在她离开药店的时候，那个女人，那个母亲罹患癌症的女人，正独自站在停车场里。

跳舞的狗狗

凯伦走向她，说："我希望没有给你假的希望。我不是医生，我昨天晚上一直在担心你。不过欧尼就是那么说的……"

女人笑着说："昨晚我回家跟我妈妈讲了欧尼的预言。她高兴地拍着手，从床上坐了起来，说想出去走走。我们逛了公园，沿着河边散步。她大笑着，吃了些爆米花，还对我微笑。我这一生都会牢记她的笑容。我来是想谢谢欧尼，他让我的母亲重新绽开了笑容。"